JN098003

毎日新聞出版

はじめに

人生にプロとアマの違いがあるだろうか？

プロであれば、その道の専門家として素人よりははるかに事情に精通し、道を極めているはずだ。では人生を極めることは可能だろうか？　そんなことはできるはずがない。なぜなら、どんな人間も死を免れず、その死という未知の世界を極めた人は誰もいないからだ。

確かに、臨死体験やそれに近い体験で、かろうじて死の間際から生還した例はあるに違いない。しかし、生と死の間を行ったり来たり融通無碍に往来し、生と死の境がないような世界を極めた人は一人もいないはずだ。死が何であるのか、その謎を解明しようとしたところで、所詮、それは生から見た死にすぎない。とすれば、死を免れない私たちはみな、人生のアマチュアと言えるのではないか。

それでも、古今東西、人生論や生き方論は哲学者や賢人、さらには聖典の教えも含めて数え上げたらキリがない。また、最近ではどんな生き方が賢いのか、どうすれば不安を取り除けるのか、失敗しない人生はどうしたら可能なのかなど、科学的な診断や精神論も含めて、実に夥しい数のノウハウ本の類が氾濫している。

でも健康な人が、自分の一挙手一投足、その動きをことさら改まって詮索することはないように、生きることに満足していれば、必要以上に人生論や生き方論に目を向けることはないのではないか。とすれば、人生論や生き方論、あるいはそのノウハウ本が流行る時代は、生きることに満足できない不健康な時代なのかもしれない。

そして新型コロナウイルス感染の世界的な拡大という伏兵で、人生に満足できない、満たされないという感情はより増幅されそうだ。異端の経済学者が見抜いたように、コロナ禍の只中で私たちは一握りの「豊かな人々」の満足度を高めるために政治が回り、その恩恵が普通の人々を含めて全体に滴り落ちていくはずだという幻想から覚めつつある。それを異端の経済学者、J・K・ガルブレイスは著書『満足の文化』の中で見抜いている。一部の人たちだけに許されていても、多くの人たちはむしろ、「不満足の文化」の中で不安に苛まれたり、焦燥感に駆られたり、時には絶望に駆り立てられたりしているのである。

極端に言えば、「満足の文化」の中で微睡んでいる「豊かな人々」には、凡百の生き方論や人生論の「ノウハウ」など読むにも値しない「ジャンク（紙くず）」に過ぎないのではないか。きっと「不満足の文化」の中で不安を解消し、心の平衡を取り戻したいと願っている人々ほど、人生論や生き方論、その簡便な「ノウハウ」を買い求めているに違いない。

ただ、そうしたものが、もし『満足の文化』を雛がたにして、「満足の文化」の仲間入りをするためにはどうしたらいいのかを説いているとすれば、それは本書の趣旨とは水と油の関係にあると言える。なぜなら、かく言う私が、長きにわたって「満足の文化」の影響下で、ひたすら「豊かな人々」の仲間入りを目指した挙げ句、そのマインドコントロールから脱してやっと本書を書く気になったからだ。

「満足の文化」の垂範的な影響力は絶大で、長年にわたって私も中央を目指し、その圏内に少しでも近づくことが、人生の勝者、あるいは幸福の印と思い込んでいたのである。でも、さまざまな人生の曲折を通じて、私は還暦を過ぎた頃から、そうした思い込みの憑物が剥がれ落ち、一握りの「豊かな人々」の「満足の文化」とは違う、「身の丈の豊さ」の「平穏の文化」があることを知るようになった。カネや地位、名誉や権勢に恵まれた人々の「満足の文化」とは違う「平穏の文化」とはどんなものなのか、それは本書を読んでいただければ具体的なイメージがつかめるはずだ。

タイトルを「生きるコツ」としたのは、人生のプロを気取って範を垂れようとしているからではない。むしろ逆に私がどんなプロセスを経て「平穏の文化」にたどり着いたのか、それは具体的にどんなものなのか、それを知ってもらうためである。この場合の「コツ」とは、プロがアマチュアに語る「要領のよさ」ではなく、「物事の芯になるもの」を指している。

生きるコツ　目次

第1章

コロナ時代を生き抜く

第2章 孤独を友にする

第3章

老いてなお興味津々

第4章
妻の教え

第5章 軽井沢での日々、猫のいる暮らし

ブックデザイン　鈴木成一デザイン室
写真　髙橋勝視（毎日新聞出版）
編集協力　阿部えり
校正　東京出版サービスセンター

第1章

コロナ時代を生き抜く

無心になること

やれやれ、長生きするといろいろな体験をすることになるようだ。いいことだけではなく、嫌なこと、大変なことも経験せざるを得ない。しかも、それが想定外の想像を絶するものであれば、「どうにもならない」と観念せざるを得ない。巨大地震に津波、原発事故、鉄砲雨のような集中豪雨に河川の氾濫、さらに世界的な金融危機や気候変動と、この10年を振り返ると、そうした想定外の事象や出来事のオンパレードである。何とまあ、これでもかこれでもかと、「どうにもならない」ことが続くことか。

そして、2020年に入ると、新型コロナウイルスの感染拡大で、世界中が戦々恐々、みんな身構えて縮こまってしまったようだ。2月末には日本への渡航自粛を呼びかける国も増えはじめ、インバウンドも大打撃を被ることになった。また、欧米のあちこちで、アジア系や「黄色人種」とみなされている人々への嫌がらせや差別が頻発。19世紀後半、黄色人種が世界に禍をもたらすという人種差別的な誤った考え「黄禍論」がドイツ帝国を中心に広がったことがある。新型コロナウイルスの感染拡大によって、その亡霊が蘇りつつあるような様相を呈していた。

どうしてこうも「どうにもならない」ことが立て続けに起こるのか。よくよく考えてみると、「どうにもならない」という思いが強いのは、逆に言うと「どうにでもなる」という考えに慣らされていたことの反動ではないのか。「どうにでもなる」という横柄な考えが強ければ強いほど、またそうした思考に慣らされていればいるほど、それが通用しない想定外の出来事に出くわすと、「どうにもならない」という思いも強くなるのかもしれない。考えてみれば、そもそもこの世界の出来事や人間のやることとは、「どうにもならない」ものであるというのが、世の常だったのではないのか。第一、自分の身体ですら、「どうにもならない」のが人間の性である。それはたぶんにヒューマン・ネイチャー（人間の自然）に根ざしている。

それでも、私たちの中に「どうにでもなる」という意識が強くなってきたのは、どうしてだろうか。その有力な要因として挙げられるのが、科学の発達であり、また技術の進化ではないだろうか。

科学の発達や技術の進化は、人間も含めて世界を「どうにでも」操作できる能力がより高まっていくことを意味している。最近はやりの「AI（人工知能）万能論」も、「どうにでもなる」という考えの集大成と言えるかもしれない。極論すれば、AIによって将来、自然現象や社会的な出来事に伴う不確実性は極限まで縮減され、想定外なことなどほとんどあり得なくなり、大抵のことが「どうにでもなる」とみなされるかもしれないのだ。

しかし、人間は不可避的に「身体」的な存在である。

「身体」的な存在とは、感覚や感情、観念やイメージ、夢や理想も含めて、ありとあらゆる人間的な表象がすべて「身体」との総合的な関わり合いの中で生まれたり消えたり、また変化したりするのである。

人間の心もまた、「身体」的な存在に宿る精神作用と言える。私たちを制約すると同時に私たちに可能性を与えてくれる「身体」性を抜きにして知能や観念を考えることが、いかに抽象的で一面的であるかは、今回の新型コロナウイルスの感染を見れば明らかである。ウイルスは機械をその「宿主」とすることはできない。生きている、有機体としての人間の「身体」だからこそ、ウイルスはそれを「宿主」に選んだのである。ウイルスから完全に自由であるために、人間は自分の身体を抹消して、ただ知能の塊としての「脳」だけに縮約できるだろうか。そんなことは荒唐無稽なSFの世界である。

今回の「ウイルス騒ぎ」は、改めて人間は「どうにもならない」身体を授かった生き物であることを私たちに教えてくれた。しかも、私たちがやれることは、実に原始的で簡単なことだ。マスクをし、よく手を洗う、これに尽きる。それでも、感染するとしたら、「どうにもならない」。

この「どうにもならない」という受動性こそ、「無心」に近い境地だと説いたのは、禅の研究で有名な仏教哲学者、鈴木大拙である。大拙は、「無心とは、絶対的な受動性」であると指摘している。それが何を意味するのか、私はずっと考えてきたが、一瞬ではあれ、それに近いような「体験」をしたことはある。

　2016年4月、熊本地震に直面し、死の恐怖を味わった時、私は「生きてもいい」し、「死んでもいい」という、何か静かな境地になったのである。そうなると、不思議なもので、粛々と身支度を整え、自分でも驚くほどに落ち着いて避難場所に移動していたのである。その間、私は「どうにかしよう」という作為もなければ、ただ観念して悲嘆にくれていたわけでもない。「絶対的な受動性」としか言いようのない静かな覚悟、つまり「無心」のようなものが宿っていたのである。「無心」こそ、不確実な世界を生き抜くキーワードではないだろうか。

新しい「中世スタイル」を楽しむ

新型コロナウイルスの世界的流行は、想像以上の規模とスピードで世界中に禍を広げていった。連日、この話題がメディアで取り上げられ、胸が締め付けられるような息苦しさを感じた人も多かったのではないだろうか。

イタリアやスペインでは感染者の数も、死亡者の数も増え続け、ドイツやフランス、イギリスに始まり、アメリカも「ウイルス騒ぎ」で、世界有数の都市、観光地、繁華街がまるでゴーストタウンにでもなったかのように静まり返ってしまった。

日本でも、首都圏を中心に感染が拡大。外出自粛要請に続き、4月7日には、東京をはじめとした7都府県に「緊急事態宣言」が発令された。欧米のようなロックダウン（都市封鎖）には至らないものの、市民生活は大きく制限され、重大局面を迎えていることを痛感させられた。

もっとも、ウイルスも怖いが、もっと怖いのは、それによってもたらされる経済的な混乱と破綻だろう。それは、失業や倒産、生活破綻などを伴う深刻な禍をもたらした。それこそ、平凡ではあれ、それなりに幸せな暮らしが一夜にして破綻の淵に追い込まれてしまうのである。それは不条理としか言いようがない。

おそらく、このような不条理をアルベール・カミュと並んで文学のテーマにしたのは、フランツ・カフカではないだろうか。プラハのユダヤ人家庭に生まれながら、ドイツ語で孤独と夢、ユーモアと残酷さが渾然一体となった小説を残したカフカ。中でも彼の代表作でもある『変身』（1915年）は、まるで未知のウイルスの蔓延に翻弄される、現在の人間の姿を予見しているかのようで考えさせられる。

ある朝気がついたら醜悪な虫に変身していた善良な主人公の青年、グレゴール・ザムザ。彼は家族からも忌み嫌われ、失意のうちに命を落とすことになるのだが、ザムザを、ウイルス感染の果てに重症化し、死を余儀なくされる患者に置き換えることは、あながち強引なこじつけとは言えないはずだ。実際、欧米では、感染しているのかさえわからないのに、偶（たま）さかマスクをしたアジア系の人間というだけで、忌み嫌われ、石もて打たれるような差別や迫害が起きているのであるから、ザムザと似た境遇を強いられている人々がいても不思議ではない。

カフカの不思議な小説は、私たちが当たり前だと思っている日常の世界が、突然、パカッと口を開け、人を奈落の底へと引きずり込んでしまうようなミステリアスな恐怖に満ちていることを示唆している。

グローバルな世界——人やモノや情報が飛び交い、サプライチェーン（供給連鎖）が縦横に延び、誰もが相互に依存しながら、「地球村」に生きているという感覚が広がる世界。このように寿（ことほ）がれてきた世界が、ウイルスという細胞すらない原始生命に近い存在によって、その奈落の底を垣間見せることになったのである。グローバルな世界は、実はとてつもない禍、今日的に言えばリスクと隣り合わせの世界だったのである。

今回のような未知のウイルスであっても、もし30年前の中国の武漢であれば、中国の一部の地域内で見られるエピデミック（通常の予測を超えた罹患が一定期間、一定地域で急増すること）にとどまったはずだ。それが、猛烈な勢いとスピードでパンデミック（感染症の世界的な拡大）化したのは、武漢そのものがグローバル化の進む中国における中心地の一つとなり、また中国が世界のグローバル化において主要な推進力になっているからである。

そう考えると、たとえ今後、今回のウイルスに対するワクチンが開発されるか、人口のかなりの部分が罹患した後、拡大が収束する「集団免疫」の段階に到達したとしても、油断はできない。過去には風土病扱いされたものや、疫病やエピデミックの段階にとどまっていた感染症が、次から次へとパンデミック化する可能性は否定できないからである。

それではどうしたらいいのか。過去に戻ることは不可能にしても、何やら「中世的なもの」が見直され、それをＩＴやＡＩなどのテクノロジーを活用することで、新しく復活させるような動きが出てくるかもしれないのだ。

具体的には、小さな村や町がコミュニティの基礎単位になり、ほとんどが顔見知りの住民が、規模は小さくても菜園や畑を所有してその地域に合った野菜や果物などを収穫。それらを地域の市場（いちば）で交換し合い、他方でテレワークなどを通じて遠隔地とつながっているという生活スタイルである。

中世という時代は、ヨーロッパであれば、村や町の中心に教会があり、私有地とともに入会地（いりあいち）のような共同体によって共有されていた土地が広がり、住民はなだらかな変化の中でほぼ自給自足的な生活を営んでいた。

さすがに現代では、完全な自給自足や、完全に閉ざされた地域社会をイメージすることは難しい。情報技術を通じて外に開かれながらも、具体的な生活の場は小さなコミュニティの中に根を張っている。その意味で「新しい中世」とも言える生活スタイルが、これからは試されてくるのではないか。私はそうした予感がしている。軽井沢での小さな菜園付きの今の住居は、そのための予行演習の場のように思えてきた。

「あれもこれも」ではなく「あれかこれか」

鬱陶（うっとう）しい毎日が続いている。新型コロナウイルスのせいだ。

一部の経済学者の予測では10年ほど前のリーマンショックを上回る、90年前の大恐慌に近い不況の波が押し寄せ、失業や解雇、賃金カットや倒産が続くと言われているのだから、当事者にとっては心穏やかにいられるはずがない。パンデミックは、多くの人々にとって文字通り死活的な問題となるからだ。ただ、経済の営みが途絶えれば、生活が成り立たず、悲惨な結果になりかねないとは言え、差し迫った問題は、やはりコロナ禍から人々の生命を守ることである。

そうは言っても、生命を優先するため、移動や活動の自由を含めた人間の自発的な行動を犠牲にしなければならないのだろうか。安全を得ると、自由を失うことは避けられないのだろうか。今、私たちに問われているのは、安全と自由の「トレードオフ（一得一失）」の関係をどう捉えたらいいのかということである。身の安全を考え、感染拡大の被害者にも加害者にもなりたくなければ、家にいるのが一番である。でもそれが続けば、職を失くしたり、会社が倒産したり、そこまで酷くなくても、業績悪化で賃金のカットを余儀なくされたりするのであるから、ジレンマ（板挟み）は深まるばかりである。

しかし、「二兎を追う者は一兎をも得ず」の喩えにある通り、安全も景気も何とかしたいともがいているうちに、最悪、どちらも上手くいかなくなることがあるのではないか。どうも、これまでの経緯を見る限り、私たちはどこかで、「オリンピックも安全も、そして景気も」と考えていたようだ。そして感染者が見つかった初期の段階でそうした「あれもこれも」の惰性に寄りかかり、新型コロナウイルスと言っても、さほど悪性のものではないのかもしれないと高を括ってはいなかっただろうか。

確かに日本では豪華客船「ダイヤモンド・プリンセス号」での集団感染が問題になっ

ても、国内での感染者数は諸外国と比べても少なく、何となく対策が上手くいっているという、今から思うと根拠のない楽観的な空気が漂っていた。しかし、時間の経過とともに、さすがにそうした楽観的な雰囲気は消え失せ、感染拡大のピークアウト（これ以上増加しない段階）も見通せないまま、この後に我が身に降りかかってくるかもしれない失業や解雇、生活苦に怯え、かといって外出もままならず、息が詰まりそうな閉塞感に喘ぐようになった。

大切なことは、政府も企業も、そして個人も、「あれもこれも」のいいとこ取りの構えを捨てて、「あれかこれか」の二者択一しかないことを肝に銘じて、これからの苦境に立ち向かうことである。生命の安全を優先し、徹底してソーシャル・ディスタンス（社会的距離）を取り、そのためには国の補償措置とセットになったロックダウンをも受け入れるほどの決断が必要とされているのである。その結果、感染拡大がピークアウトを迎え、感染者の増加数が日に日に減少していけば、経済の復興も早まり、失業や倒産も最小限に抑えられるかもしれないのだ。

家にいることが、不安と焦燥で身も心も擦り切れてしまうことをただじっと我慢していることになってはならない。そうなれば、全世界的に問題になっている家庭内の不和やＤＶ（家庭内暴力）、さらには離婚率の上昇にもつながりかねない。そのような悲劇を避けるためにも、家にいることが単なる「巣篭もり」とは違う、より積極的な意味を持つ時間であることに目を向けるべきではないだろうか。

そこで思い浮かぶのが、「リトリート（retreat）」という言葉だ。もともと、撤退や退去、隠居などを意味するものだが、キリスト教的なニュアンスのある「静修」と訳される場合がある。仕事などの日常から身を退いて、新しい場所で新しい体験をし、これまでとは違う自分を発見する。「リトリート」にはそうした意味が込められているのだ。外出自粛が解ける時をただ待ち続けるのではなく、むしろこれを機会に自分を見直し、自分の中の新たな可能性を発見する好機と捉えるほうが心身の健康にもいいに違いない。

それでも、大不況や大恐慌が襲ってくるかもしれないのに、そんな悠長なことはしていられないと思う人には、「リトリート」の傍、野菜や食べ物を自家栽培することを勧めたい。土地がないと言うなら、ベランダでも結構。少しでも自給に備えて野菜づくりを始めてみたらどうだろう。深刻さに押しつぶされてしまわないためには、今は命を守るしかないと覚悟を決め、そして悲劇の中から生きる意味をも新たに発見する気構えが必要ではないか。私もこれから、妻と一緒に種まきに勤しむことになりそうだ。コロナとの付き合いは長くなりそうである。

最小限主義の生き方

どこを見ても、コロナ、コロナでもうウンザリ、自棄っぱちになって、我慢も限界という人々が増えているのではないだろうか。

緊急事態宣言解除後、感染者の増減はあるものの、人々は日常生活を取り戻しつつある。とはいえ、解放感に浸っていられるわけではあるまい。マスクと手洗いを欠かさないのはもちろんだが、飛沫感染を避けるために、人との距離を常時2メートル近く保たなければいけないなど、私たちはさまざまな制約を課せられている。

我が身を振り返っても、私が館長を務める熊本県立劇場のスタッフとこの先ずっとそんな距離を保ちながら、日常の業務をこなしていけるのか、甚だ心許ない。

さらに、新型コロナウイルスはエアロゾル（空気中に浮遊する細かい粒子）の状態で3時間以上も生存できるという研究結果もあるようで、それを吸い込めば、感染の危険性も否定できないのであるから、始末が悪い。当然、窓を開け、風通しをよくしなければならないが、窓際にいる人が感染者であれば、その人の飛沫から感染が起こるかもしれないのだ。もはや何をやっても、罹患する時は罹患すると、「出たとこ勝負」でいくしかないのだろうか。

そもそも、ウイルスは自分で増えることも、代謝することもできない、生物とも言えないような存在である。しかし、そのウイルスは、自らを複製していくために宿主の細胞に巧みにパラサイト（寄生）し、それを人質にして増殖していくのであるから、実に悪賢く、狡智（こうち）にたけた存在に思えてならない。そして、霊長類の頂点に位置し、「ホモ・サピエンス（知恵のある人）」として君臨し、さらに生物工学やサイボーグ工学などの最先端のテクノロジーを通じて創造と破壊を行う神のような「ホモ・デウス（デウスは神の意）」に上り詰めようとしている人間が、生物でもないようなウイルスにいいように弄（もてあそ）ばれているのであるから、滑稽（こっけい）というか、皮肉というか。

コロナ時代を生きるためには、あれこれと右顧左眄（うこさべん）せず、必要最小限、マスクと手洗い、可能なら人との距離を適度に保ち、「3密」の条件の一つでも合致する場所や空間には近づかないようにするしかないのか。でも、これでは生活に味も素っ気もないことになりはしないか。何より、みんながそんな生活をやり出したら、飲食業や観光業、劇場の場合で言えば、アーティストや演劇人、ダンサーや舞踊家、さらには音響や照明などの技術者の生活が立ち行かなくなり、その損失は計り知れないはずだ。

では妙案はあるのか。

思い浮かぶアイデアは、ミニマリズム（最小限主義）といったところか。「ミニマル（最小限）」と「イズム（主義）」を組み合わせたミニマリズムは、1950年代の絵画や彫刻の分野で産声を上げ、高度成長期、アメリカを中心に音楽や美術、ファッションの分野にまで広がった考えや運動である。要するに過剰なもの、装飾的な余剰を排し、シンプルライフに徹するということである。

そうしたミニマリズムが社会に広がっていくということは、見方を変えれば、経済がますます収縮し、デフレが進んでいくことを意味している。しかし、コロナとの共存が避けられないとすれば、そうしたミニマリズムの中に生きがいや幸せを見出すしか、生きる術はないのではないか。古希を迎えて、まさかこんな時代が来るとは想像もできなかったが、ミニマリズムによるシンプルな生き方という提案には思い当たる節もある。

1960年代の末、私が大学に入学しようとしていた頃、「スモール・イズ・ビューティフル」という合言葉が、過剰な欲望を追い求める大量消費・大量生産のシステムに抗う選択肢として浮上していた。それを最初に形にし、提唱したのは、ドイツ生まれの経済学者、シューマッハーだった。彼は、大きいことや速いこと、強いことに囚われ、何事においても過剰な欲望に支配された産業社会の限界を指摘し、小規模なコミュニティや地域社会のサイズに合致した「中間技術」の必要性を唱えていた。彼が提唱した「スモール・イズ・ビューティフル」は、装飾を排したシンプルライフと共鳴していたのである。

ただ、残念なことに高度成長期の日本では、シューマッハーのスローガンは、広くは受け入れられなかった。ビューティフルだけは受け入れられたとしても、時代はビッグなもの、高速なもの、力強いものを追い求めていたからであり、青臭い学生だった私も同じだった。あれからほぼ半世紀、シューマッハーの先駆的な予言に驚くとともに、可能な限り私も今ではシンプルに、そして何事にもスケールの大きさを求めず、できるだけ小さきものに目を向けるようにしている。

それは、人間の集まりにも当てはまり、今では顔の見える人たちとのコミュニケーションがこれまで以上に価値を持つようになった。今後は、私たちの生活の潤いに欠かせない芸術や文化も、小さな集まりやコミュニティが大切になってくるのではないか。

もっとも、それは決して閉鎖的な「島宇宙」にとどまるわけではないだろう。それらは、さまざまな情報技術を通じて遠隔地とネットワークを作っていくことができるからだ。小さきものであれば無駄を省けるし、過剰なものも必要ではなくなる。ほどよい加減の欲求を小ぢんまりとしたサークルや、コミュニティの中で満たしつつ、しかし外とネットワークを通じて結びついている。そんなイメージの社会が、コロナとの共生を余儀なくされる時代に最もふさわしいのかもしれない。

「東京的なるもの」の落とし穴

コロナ禍の時代、飛沫感染や接触感染、さらに空気感染に要注意と言われれば、「ひきこもり」の生活が一番安全だということになりかねない。最近の内閣府の調査によると、自宅に半年以上こもっている「ひきこもり」の中高年（40～64歳）の数が推計で60万人を超えている（2019年3月29日現在）。しかもひきこもりの期間が7年以上に及ぶ人が半数を超えているというのであるから、皮肉を言えばすでに日本は新型コロナウイルス感染拡大前から「予防措置」を取る、かなりの数の中高年がいたことになる。

もちろん、「ひきこもり」とみなされる生き方はコロナ禍の拡大とは何の関係もない。しかし、コロナとの共存が避けられず、しかも特効薬となるワクチンの開発・普及が先の話になるとすれば、最も安全なライフスタイルは「ひきこもり」ということになりかねない。

ただ、多くの人々は、数年にわたって「ひきこもり」と似た境遇に置かれれば、息が詰まりそうになるし、閉塞感から、それこそ「コロナ鬱」に陥る人たちも増えるかもしれない。第一、それでは生活が成り立たないし、また大きく見れば、日本の経済そのものが瀕死の状態に陥りかねない。

だからと言って、これまでのように「グローバル」「モバイル（移動）」「ボーダレス（脱国境）」を合言葉に、国内は言うに及ばず、世界を自由に移動する「グローバル人材」や「越境人」が光り輝く時代が続くかと言うと、それはもはや望み薄であるし、そもそも感染拡大という点で危険極まりないことになりかねない。

コロナ禍の時代、完全にひきこもるというわけにもいかず、かと言ってこれまでのようなグローバルな移動もままならず、どういったライフスタイルが「ニュー・ノーマル（新しい日常）」になるのか、手探りの状態にあるのではないだろうか。もっとも、

「ニュー・ノーマル」という聴き慣れない言葉や、「ワーク（労働）」と「バケーション（休暇）」を合成した「ワーケーション」といった言葉だけが実感を伴わないままふわふわと漂っているような気がしてならない。

では、どんなライフスタイルがコロナ禍との共存の時代に実感のある「ニュー・ノーマル」として浮上してくるのだろうか。

それを考える時に留意したいのは、行政や教育、金融や商業、通信やエンタテインメントなどが集積しているメガ・シティ（巨大都市）といった大都市圏の優位性が崩れ、人口集中が止まり、分散化に拍車がかかるのではないかということだ。東京を例に取れば、働く場所から雇用の機会、劇場や映画館でのエンタテインメント、さらにショッピングからグルメに至るまで、都心にはそれこそたくさんの機会や施設、人が集積しており、それが東京の魅力となっていることは言うまでもない。しかも、大学や専門学校を含めて、教育機関の多さでは群を抜いており、若者が東京に蝟集（いしゅう）するのも、人との出会いも含めて、首都にはチャンスがたくさんあると思えるからだろう。

だが、コロナ禍が完全に収束しなければ、そうした東京の優位性は逆にリスクとなって跳ね返り、とりわけ都心への人口の流入に歯止めがかかってしまう可能性がある。歯止めがかかるだけでなく、都内に居住する人々の中に「東京脱出」を試みる人たちが、ますます増えてくるのではないか。

それは、ただ一極集中から多極分散型へと人口の配置が変わるというだけの話にとどまらない。財産や資産などを含めて、これまでの人生の価値のあるものについての「オールド・ノーマル（旧い日常）」を変えることになる可能性があるのだ。

例えば、都心の一等地の一戸建てや高級マンションが高嶺の花であるにしても、最近では、東京都港区台場や江東区豊洲といった湾岸エリアや、武蔵小杉（神奈川県川崎市）などの再開発エリアにたつタワーマンションがサラリーマンの垂涎の的となったのも、そうした物件の資産価値やグレード感が人々の購買意欲を唆ったからであろう。

都心に近いほど不動産も高値安定、ライフスタイルも都会的で、付加価値が地方よりもはるかに高いという価値観がそうしたエリアの不動産価格を押し上げてきたのである。それを前提に高いステイタスを手に入れるためにローンを組み、夫婦共稼ぎで返済のために「３密」状態の通勤電車で都心やその周辺のオフィスに通い、週末は自宅近くの洒落たモールや商店街でショッピングや食事を楽しむ。

一般的なビジネスパーソンが少し高望みをすれば手に入るようなこうしたライフスタイルは、東京のような大都市圏だけでなく、地方都市にもその縮小版が波及し、開発のモジュール（組み立てユニット）が完成。その結果、日本列島至るところ、「ミニ東京的なるもの」とその周縁の地方という二極化が進んでいる。

地方都市のユニークさを強調するのも、ローラーにかけられたように「東京的なるもの」が列島を席巻するようになったことと裏表の関係にある。

地方創生や再生が叫ばれても、一極集中の弊害が是正される兆しがなかなか広がらなかったのも、「ミニ東京的なるもの」が地方にしっかりと根を下ろしてしまったことの表れかもしれない。だが、コロナ禍は皮肉にも道路や鉄道をはじめ、ハードとソフト両面にわたるさまざまな施設や建物、文化や教育、エンタテインメントや人の集積によって成り立つ「東京的なるもの」そのものの成立基盤を脅かすことになったのである。

ウイルスは集積を好む。「3密」によって成り立つ都会的な空間こそ、ウイルスにとって最適の宿主が集まる場所だからだ。新型コロナウイルスに備えるためには、個体としての人間が、集積を避け、たとえ家族の中でも、個体それぞれに家族が適度な距離を保ちつつ共存できる空間を作り出していくしか生き延びる術はない。

手ごろな距離感のコミュニティ

　言い古されている言葉だが、「人間」とは、「人と人との間」のことである。「間」とは距離を指している。距離があるからこそ、それをどうつなぐのか。ここで意思疎通、コミュニケーションが重要になってくるのだ。

　コミュニケーションが元々、共通したもの、共有しているものを意味するラテン語、「コムニカチオ」から派生していると考えると、それはコミュニティ（共同体）と密接に関係していることがわかる。コミュニティもコミュニケーションも、共通したもの、共有しているものという点でそれこそ共通しており、そこには自ずからその規模や大きさが想定されている。「3密」を避け、適度な距離を保ちつつ、しかし個体相互に共通したものを分かち合うことが、コロナとの共存の時代の「ニュー・ノーマル」だとすると、自ずからコミュニティの規模は限定されて来ざるを得ない。手軽にお互いに共通したものを分かち合い、それでいて適度な距離が取れて、偶にみんながいる場に姿を現しても、誰も不思議と思わず、お互いを受け入れる。そんなコミュニティがあればどんなにいいことか。

どんな話題でもいい、趣味でも、お洒落でも、おカネのことでも、子育てのことでも、あるいは芸術や文化、食の安全やグルメのことなど、何でもいい、共通した話題を対面で距離を取りながら分かち合い、気軽に集まり、散じるコミュニティのような場があれば、コロナ禍の重苦しい空気からの解放感も増すのではないだろうか。

確かに話題に応じて、人と人の関係をいくらでも自由にオンからオフにスイッチできるとなれば、SNS（ソーシャル・ネットワーキング・サービス）のようなバーチャル（仮想的）な空間ほど都合がいいものはないかもしれない。だが、対面でのやり取りには、ネットでは満たし得ない何かがある。それは、お互いの身体を通じたリアルな体験だけに備わった何かだ。あえて言えば、私にも読者にも嘘偽りのない身体が備わっており、それを同じ時空間で実感しているという共通感覚のようなものだろう。

考えてみれば、世界の名だたる宗教や哲学、教理や知恵の創始者や伝道者は、自らの身体を人前に晒し、肉声を通して語る人たちだった。そこには、身体を通じてしかわからない肉声の響きや身体全体に漂う雰囲気があり、またその場でしか感じられない空気があったはずだ。そう考えると、情報技術の進化によってリモートでのコミュニケーションがどんなに拡大してもリアルな対面によるコミュニケーションに勝るものはない。少なくともそうしたコミュニケーションがあって初めて、リモートでつながるコミュニケーションも効力を発揮できるのではないだろうか。

身体を介し対面で行われるリアルなコミュニケーションによって成り立つコミュニティと、SNSを介してつながるリモートのコミュニティ。この両者を上手く交差させながら、手軽な距離感のリアルなコミュニティで人とのコミュニケーションを楽しみつつ、他方でそうした対面的な世界の外に広がる世界とリモートでつながっている。それぞれとつながることで、二つの世界のコミュニケーションを楽しむというライフスタイルこそ、コロナ禍を生きる、望ましい「新しい日常（ニュー・ノーマル）」なのかもしれない。

もちろん、誰もがそんないいこと尽くめの「新しい日常」へとスイッチを切り替えられるわけではないだろう。それでも、貨幣に換算できる数値だけで生活の豊かさを測ってきた「旧い日常（オールド・ノーマル）」から離脱するきっかけにはなるのではないだろうか。

「路地」としての劇場 ❶

コロナ時代の感動

コロナ禍で心も晴れず、暮らしも経済もどんよりと沈み、やり切れない思いがしていたところに、熊本県を中心とした九州地方では、天からザブンと大量の雨が降ってきた。のちに「令和2年7月豪雨」と命名されたこの雨によって、川は氾濫するやら、道路は寸断するやら、崖崩れや浸水で途方に暮れる人々が続出。なぜこれほど次から次へと無慈悲な仕打ちを受けなければならないのか。天を仰ぎたくなる心境である。

「天災は忘れた頃にやってくる」とは、物理学者で名随筆家でもあった寺田寅彦(とらひこ)の警句とも言われているが、今は忘れるどころか、被害の後片付けもできていないのに、また災害が襲ってくるのであるから、「天災はいつもやってくる」と言い直したいくらいだ。

　コロナとの共存の上に、自然災害との共存も避けられないとするならば、いったいどうしたらいいのか。災害のたびに家屋が壊されたり、避難生活を強いられたりすれば、生きた心地はしないはずだ。心が折れてしまいそうで、いったい何のために生きているのか？　生きている歓びは何なのか？　と問いただしたくなる。

　そもそも、なぜ生きるのか、と生きる意味を常に問わなければならない時代は、決して幸せではない。それでも人は笑いを求め、それを気晴らしと慰めにし、ひと時でも辛さを忘れ、そうすることで、何かしら心の「ゆとり」を得た気持ちになれるものだ。

　私の考えでは、「ゆとり」とは、心の緊張が和らいでいる状態で、「ゆとり」があるからと言って、気持ちが伸び切ったゴムのように締まりがないわけではない。独断を承知で言えば、「ゆとり」のある心には感動も宿るものである。演劇や音楽、舞踊や美術も含めた芸術や芸能に人が感動する心を失わないのは、「ゆとり」という心の「たわみ」のようなものが存在するからである。あるいは逆にこうも言える。音楽や演劇に親しむことで、心に「ゆとり」が生まれてくると。

どんなに忙しくても、どんなに生活に困窮していても、やはり人はパンのみにて生きているわけではない。感動が欲しいのである。もちろん、「感動した」「泣ける」といったネット上にはびこる「俄(にわか)感動派」を擁護したいわけではない。

そんな瞬間湯沸かし器のように熱くなったりする感動は、どこか「みんなそうだよね」という俗情に迎合するホンネが見え隠れするからだ。

音楽でも、演劇でも、また舞踊でも、感動はそれを享受する人の個人的な世界の出来事だ。しかし、同時にそれは、共感を通じて見知らぬ人同士の心と心をつなぐ不思議な力を備えている。劇場という空間が、時には大きな渦となった感動の波に押し出され、その空間を超え、建物の外まで飛び出してしまうのではないかと思える時があるのも、感動という個人的な体験を通じて、自分は一人ではない、自分は孤立しているのではないという実感を得られるからである。

あくまでも個人的な体験なのに、同時に自分が人とつながっているという感動が得られる。これこそ、劇場という空間に身を置くことの醍醐味(だいごみ)であり、それはどんなにデジタル化が進み、音楽や演劇、美術のリアルを複製、再現できても、劇場という空間で得られる生の感動に勝るものはないのではないか。

２０１６年に熊本県立劇場の館長に就任して数年が経ち、私は劇場こそが感動を分かち合う広場のような空間であると身をもって実感した。舞台上で繰り広げられるパフォーマンスの素晴らしさに私自身が感動するとともに、それに感動している観客の姿が感動の小波となって劇場を行きつ戻りつする光景は、何ものにも代えがたいものだ。そんな実感を、私は「広場としての劇場」という言葉で表現し、劇場をみんなが集い、感動を分かち合う場にしたいと願ってきた。

だが、新型コロナウイルスによって、そもそも人と人とが物理的に接近し、劇場という空間に集うこと自体がリスクになってしまったのである。それは思ってもみない、突然に降って湧いたような厄災だった。

確かに、外出自粛による「巣篭もり」やテレワークの影響で、ユーチューブやネット配信のドラマや音楽、パフォーマンスを楽しむことが広がっている。だが、それらは劇場という広場での、あの震えるような感動を絶対に再現できるものではない。とはいえ、そのような広場としての劇場の使用が制限され、たとえ使えたとしても、入場者の大幅な縮小を余儀なくされるのであるから、どうしたらいいのか、途方に暮れざるを得ない。ただ手を拱(こまね)いて、ウイルス感染の収束をひたすら待つしかないのか。自問自答の末、考えついたのが、「広場」に代わる「路地」としての劇場の新たな再生である。

「路地」としての劇場❷
テント演劇の再来

「路地」としての劇場という言葉から、何を想像するだろうか。

例えば、広場が大勢の見知らぬ人々が出会い、そこに何か集合的なケミストリー（化学反応）が起きて、ゾクゾクするような快感や興奮の渦が巻き起こる場所だとすると、路地はどうか。そこは少し寂しげでひっそりとした空間だが、衆人環視の広場と違ってなんだか秘密めいていて、自分の中の猥雑(わいざつ)なものを密かに楽しむような場所である。

コロナ禍で感動の坩堝(るつぼ)のような劇場の醍醐味が味わえないとすると、それと同じようなものか、あるいはその縮小再生産を求めても、所詮それは失われていくものへの懐古趣味に終わってしまいかねない。それくらいなら、コロナとの共存にふさわしい、劇場の新しいノーマル（日常）を積極的に打ち出していったほうがいい。そう思って考えついたのが、路地としての劇場である。

路地であるから、当然それは、みんなの見ているところで演じられるものを、みんなで楽しみ、個人の感動を集まった人々と分かち合うような晴れがましい空間ではない。陽の当たる広場と比べれば、日陰の場所のイメージを伴っている。だからと言って、陰々滅々としているわけではない。路地が子どもたちの遊び場であり、そこには大人たちは立ち入らないという不文律があった時代を思い出してみればわかる。私が遊び盛りの子どもだった頃、路地では仲間たちはみんな、自由で危ういほど元気だった。大人の目が届かないのであるから、「いい子」ぶる必要もないし、むしろそんな「ぶりっ子」はみんなの鼻つまみ者だった。学校や大人たちのいる場所が広場だとすると、路地には残酷さや卑猥さ、そして快活さも含めて、子どもたちの本音の世界が生きていたのである。

しかし、そんな路地など、日本列島津々浦々、失われて久しい。子どもたちはいつも大人たちの視線に晒され、その立ち振る舞いまで大人の視線から見て透明でなければ、場合によっては不気味な存在と見なされかねない。それがどんなに窮屈で息苦しい世界なのか、子どもの立場になってみれば想像に難くないはずだ。

そして、今、コロナ禍で私たちは感染を避けるため生活上の細かい行動変容を迫られ、定型化された行動のパターンを守らなければならなくなっている。人のいる場所では、たとえ蒸し暑くてもマスクを外してはならないし、どんなに親しい知人であっても一定の距離を置いて対面しなければならず、飲食時の大笑いや大声を出しての会話などを慎まなければならない。電車やバスに乗っていて咳をすることも憚られるほどである。

要するに気配り、目配り、心配りが必要とされているのであり、その見えないプレッシャーは大人でも窮屈で息苦しく感じられるはずだ。ひと頃話題になった「自粛警察」も、そうした心配りや目配りを欠いたように見える行動に対する、小さな正義感を振りかざした制裁と思えなくもない。

こうして見ると、何のことはない、絶えず大人の視線に晒される子どもたちの息苦しさと同じようなことがコロナ禍の世界で起きているのである。

だからこそ、路地の世界で各々が気の合う仲間と一緒になって、自分たちだけで分かち合える「遊び」に興じてみてはどうかと思うのである。

「遊び」というと、何だか軽そうな印象を抱くかもしれないが、著名なオランダの歴史家、ヨハン・ホイジンガなどは、自著の中で、「人間とは『ホモ・ルーデンス（遊ぶ人）』のことだ」と述べているくらいだから、「遊び」は実に人間の本性に関わっているのである。芸術から経済、政治、祭儀に至るまで、人間の文化のすべてが何らかの形で「遊び」のイメージとつながっているとすれば、子どもは生まれながらの「遊び」の天才と言えるのかもしれない。その「遊び」の天才たちが屈託なく羽を伸ばせていた世界を現代に蘇らせることができれば、広場としての劇場とは異なる、路地としての劇場が浮かび上がってくるのでは……。

では、どうすれば蘇らせることができるのか。

思案の果てに思いついたのが、テントである。テントと言えば、1960年代後半から70年代前半のアングラ演劇ブームを牽引した「紅テント」や「黒テント」を思い出す年配者もいるに違いない。残念なことに、それらは余りにも前衛的すぎて、一部の熱烈な愛好者を別にすれば、日本の高度経済成長の終わりとともに、そのレガシー（遺産）はひと頃の勢いを欠いたまま、現在に至っている。

そうした野外テントの演劇が勢いを失っていったのは、どこもかしこも画一的な平準化と都市化が進み、路地のようなところがなくなっていったことと、どこかで関係しているように思えてならない。路地は「失われた世界」か、せいぜい「ニッチな世界」にすぎなくなっていた。

しかし、新型コロナウイルスの世界的な感染拡大は、その失われたはずの世界を蘇らせるきっかけとなるかもしれない。そう思って路地的な世界を、テントを通じて蘇らせてみてはどうかと思い至ったのである。

「路地」としての劇場❸

野外劇場が示す無限の可能性

一部の熱狂的なファンに支えられていたが、今ではレガシーとなったテントでの前衛的なアングラ劇。その世界を、オープンな、子どもたちが屈託なく遊んでいた路地のような世界として蘇らせることができれば、「劇場」の新たなノーマルが生まれるかもしれないのだ。

フロアとステージの境目もないような色とりどりのテントが、劇場の館内にとどまらず、敷地内のあちこちに競い合うように設置され、その中で音楽から演劇、芸能から舞踊までさまざまなジャンルのパフォーマンスの饗宴を楽しむ。規模は小さくても多様性に富み、しかもテントであるから折りたたむことのできる劇場ともなり、野外で風通しもよく、「3密」を避けるにはもってこいの条件を備えている。かつての「紅テント」や「黒テント」が、アングラにふさわしく「3密」で、どこか秘密めいた雰囲気を漂わせていたとすれば、「劇場」のテントは、もっとカラフルで、風通しもよく、家族連れで出入りできる即席の野外劇場のイメージである。

熊本県立劇場は、日本でも有数と言えるほどのモダニズム建築の代表作で、国立代々木競技場などの設計で知られる丹下健三ら、有名建築家の育ての親とも言える前川國男建築設計事務所の作品である。建築上のモダニズムが、装飾的なものを省いた機能性や合理性から成り立ち、建物もコンクリートの打ちっぱなしの壁が重厚な趣を醸し出している。

とはいえ、そこは日本の風土に合致したモダニズムである。どこか日本的な風情を感じさせる。敷地の入り口から正面玄関に続くプロムナード（散歩道）には打ち込みタイルが敷き詰められ、それがコンクリートの剝き出しの粗削りな部分を和らげていて、訪れる者の心を癒してくれる。

劇場は、千数百人が収容可能な専用のコンサートホールと演劇ホールを擁している。

地方の劇場の多くが、音楽や演劇などの催しに加え式典などのイベントを一つの多目的ホールで開催する中にあって、音楽と演劇の専用ホールを擁する熊本県立劇場は異色な存在と言えるだろう。そこがまた、劇場の「売り」であり、スタッフの誇りでもある。それがどうだ。コロナ禍でそうした荘厳な大仕掛けのモダニズム建築が有効活用されないまま、むしろがらんとした寂しい天蓋の広場になってしまったのである。

そして気づいたのは、館長の私も含めて、劇場スタッフが、稀代の建築家、前川國男氏の作品に「おんぶに抱っこ」で、記念碑的な建築物としての劇場さえあれば自ずから人は集まってくると、どこかで高を括っていたことである。

しかし、建物はそれがどんなに建築史に名を残すほどの名作であっても、日々の息遣いと感動によって満たされなければ、ただのハコモノ、せいぜい歴史的な建造物として名をとどめるだけに終わるということをコロナ禍で思い知らされたのだった。

幸いなことに、劇場の正面へと向かう散歩道の両脇には立派なキャノピー（庇）が建物まで続き、劇場が周りからポツンと孤立しているのではなく、街との延長線上に存在することを感じさせてくれている。「キャノピーは床のないテント」であり、それが一方では由緒ある劇場という建物に通じ、さらに他方では劇場の前庭に設営される即席のテント劇場につながれば、劇場という空間はより広がりを持つことになるはずだ。

これまで劇場と言えば、二つの専用ホールか、せいぜいホワイエ（劇場やホールの入り口から観客席までの広い通路）しか、私は思い浮かばなかった。劇場をあまりにも建造物中心に考えてきたからである。だが、今は違う。劇場は敷地や余白の空間、散歩道なども含めて、多角的に活用されるべきであり、その利用の仕方次第では無限の可能性が開かれた場所なのだ。

残念ながら、我が県立劇場は市内の繁華街から少し離れた文教地区に位置していることもあり、コンサートや芝居がはねると、帰宅を急ぐ車や人でごった返し、それらの余韻に浸りながら、音楽や演劇談議を楽しむ場所がなかった。もし、設営された色とりどりのテントの中に即席のレストランのようなものを置けば、しばしそこが終演後の憩いの場になり、劇場はより魅力的な場所になるに違いない。

広場があり路地があり、また休息の余白の場所があり、街と途絶しながらも、同時に街とつながっている可塑的な空間、それが劇場である。

こう考えると、コロナ禍は悪いことばかりではない。それは、未曽有の事態を通じて、私たちをこれまでの常識に縛られた息苦しさから解放し、切り捨てられたり、無視されたり、否定的に考えられたりしてきたものの有用性に気づかせてくれるきっかけにもなりうるからである。もし路地としての劇場が成功すれば、その時にはテントで県内を巡回し、被災地で苦闘する人々の心の空白を埋められるような動く劇場を構想してみたいと思っている。

当分、コロナとの共存は避けられそうもないのだから、それを想定して、むしろ前を向いて進むしかない。路地としての劇場、動く劇場、テントによって出現するアーティスト（表現者）とオーディエンス（聴衆）が一体となった世界。それは、固定的な建物に縛りつけられずに、自由に移動できる劇場であり、今後打ち続くと予想される気候変動による災害にも対応できる新しいノーマルになりうるかもしれない。予感は今、確信に変わりつつある。

第2章 孤独を友にする

長生きはもっけの幸い

「世の中で確かなものなんて何もない。ただ二つのことを別にすれば——死と税金だ」(訳は筆者)。現在の米100ドル紙幣の肖像にもなっている立身出世の偉人、ベンジャミン・フランクリンが私信で述べている言葉らしい。何だか、トランプ大統領が言いそうな、味もそっけもないぶっきらぼうな言葉だ。

でも、確かに真理はついている。死は誰にでも訪れるし、死んでも税金はついてまわるからだ。一方で、死と税金だけは確実だと言われれば、長生きすることなんて、幸運というより、とんだ厄災、いや呪いに思えてしまうかもしれない。老いの果てに、死と税金(カネ)だけが確実とは、何と嫌味な人生か。

では、老いることは陰鬱きわまりないことだろうか。いや、そうではない。むしろ「もっけの幸い」と思うべきである。なぜなら、長生きし、老いることは、時間という何にも代えがたい贈り物に恵まれ、さまざまな可能性が目の前に転がっていることだからだ。

確かに死は確実だとしても、生きていることも確実である。「我生きる故に我あり」ではないか。しかし長寿になれば、先立つもの――カネがなければどうしようもない。十分な蓄えはどのくらいあればいいのか、自分がいなくなって葬式の費用や僅かばかりであれ、財産も残しておかなければ……。こう考えると、悩みは尽きず、年金や資産の運用、アルツハイマー病の予防や医療費の工面など、面倒臭いことが山積みで、閑暇を楽しむどころではないように思える。

しかし、我が身を振り返ってみれば、高度成長期に思春期を送った我々世代が、どれだけ目の前のあれこれに忙殺され、本来やるべきことを明日でいいやと後回しにし、今日という時を何と無駄にしてきたことか。老いてわかったこと、それは「先延ばし」の人生など、浪費以外の何ものでもないということである。

今日やるべきことを「先延ばし」にする人生は、次の日を楽しめず、またその次の日もかすめ取られて、結局、自分だけの時間を楽しめず、挙げ句の果てに死と税金に身を委ねてしまうことを意味しているのだ。

もう、そんな「先延ばし」の人生などとは、おさらばしたい。これが白秋を過ぎた私の偽らざる心境である。

もっとも、そんな決め台詞を吐けるのは、ミリオンセラーを出して「小金持ち」になったに違いない姜さんだからで、年金でカツカツの生活を送る者には到底無理とお叱りを受けるかもしれない。

だが、蓄えに多少の余裕があっても、過去という運命の支配から逃れ、何ものによってもかき乱されず、決して奪われることのない「最も確実なもの」を振り返る自由を見失っている人が何と多いことか。そこには、自分だけの間暇を楽しむ「老いる力」の片鱗(へんりん)はどこにも見出せない。「先延ばし」ではなく、自分が今なすべきことだけに時間を費やし、一日一日が人生最後の日のように過ぎていくとしたら、明日を思い煩う不安など消え失せているはずだ。そう言えば、私の母は晩年、口癖のように呟(つぶや)

いていた。「何とかなるばい」と。今から思えば、そこには末期の不安など微塵もなく、雲が風の吹くままに動き、川の水が形を変えてあるがままに流れていくように、時の運に身を任せる風情があった。終わりが近づいた頃、母は私たちが差し伸べた手を払い、「もうよかよ、そっとしときなっせ。十分生きたけん、これでよかよ」、そう言いたげだった。

もちろん、死別ほど悲しいものはない。しかし、癌と闘い、大手術の果てにやがて前後不覚になり、言葉を残すこともなく去っていった父と比べて、母はきっと幸せだったに違いない。最晩年の母には、死も税金もどこ吹く風。私は私、私の時間は私だけにあると見切っていたのだから。

明らかに、母は生きるのに「疲れて」死を迎えたのではなく、生きるのに「飽きて」死を迎え入れたのである。そして間違いなく、「生きる術」を知っていた。同時に「死ぬ術」も学んでいたのである。

「老いる力」とは、「生きる術」を知り、そして「死ぬ術」を知ることでもあり、また生きるのに「疲れて」末期を迎えるのではなく、生きるのに「飽きて」、従容として死を迎え入れる度量を指している。私も母のように、生きるのに「飽きて」人生最後の日を迎えたい。そのためには「老いる力」を学ぶことが必要であり、それを身につければ、長寿であることは厄災ではなく、「もっけの幸い」となるのである。それにしても、あれこれとまるで天が落ちてくるかのような一大事を背負って煩悶していた頃が嘘のようだ。でも、天は落ちてこなくても、大地が震えることはあり得なくはない。それでも、長生きすることに乾杯したい。

人生100年時代、それを呪いではなく、「もっけの幸い」として享受するためにはどうしたらいいのか？　母が身をもって示してくれた「老いる力」を、誰にでもわかるように解き明かしてみたい。

老いは未知との遭遇

長生きは、もっけの幸いとも言うが、そんなのは真っ平ご免と思う人も多いようだ。ある日突然、ポックリと逝って、痛みも苦しみもないほうがいい。生きているのか、死んでいるのかわからないまま、他人の厄介になってだらだらと長生きしたってつまらない。誰にも迷惑をかけず、ポックリと逝ってしまったほうがサバサバしていいに決まっている。

こうした「ポックリ願望」は、私の中にもないわけではない。それでも、最近はこう思うようになった。ポックリ逝きたいと願うのは、実は生きている限り、いつも健康でいなければならないという刷り込みが強いからではないかと。

独断と偏見かもしれないが、「ポックリ願望」を公言して憚らない人たちに共通しているのは、かなり強い自我と個性を持ち、それなりに社会的に成功していることだ。うがった見方をすれば、「ポックリ願望」の裏には、他人の世話になるのは恥で、生きているなら健康で独立独歩でなければならないという思い込みが存在するような気がする。若い頃は、確かに独立心旺盛の人生に憧れ、自分も人を頼りにしない生き方をしようと努力したことがあった。でも、どうしてもそうなれない。強い自立心を掻き立てようとしても、それとは反対にもろくて弱い何かが浮き彫りになってくるのである。中年に差しかかるまで、そんな弱さにいら立ち、何とかそれを克服しようと努力してみたが、どうもうまくいかない。なぜ気が弱く、依存心が強いのか。いろいろと詮索してみるも、これといった決定的な原因が見つからない。

そして今ではこう思うようになった。人はフラジャイル（脆弱）な存在であり、終生、他人の世話を当てにせずに生きられるわけはないと。もちろん、私自身も、年齢相応に恥も外聞もあるし、ミエもある。それに数十年にわたって「先生、先生」と呼ばれるのが当たり前になっていたのであるから、食事からシモの世話まで、人に頼らざるを得ない状況になれば、気が引けてしまうに違いない。

「自己責任、自己責任」と吹き込まれ、何から何まで自分のことは自分で始末しなさいと、半ば脅（おど）されるようなご時世である。でも、逆にそれでは生きていけないのが、人間の弱さ。だから社会を作ったんでしょうと言いたくなる。社会は強い人間たちだけが集まって作ったのではなく、むしろ弱い人間が多いからこそ出来上がったのではないのか……。

弱さを抱えた自分のような人間は、社会のお世話にならざるを得ないと腹を括ったせいか、近頃では何か突き抜けたような感じがしている。

そうすると、介護や医療の世話を受け生き永らえている年数も含めた平均寿命と、誰の世話にもならず生活できる健康寿命には違いがあることなど、ほとんど気にならなくなった。健康でいられる間は自立した生活をエンジョイし、動けなくなった後のことはその時になってから……。気が弱い性格なのに、今では「出たとこ勝負」と、開き直った気持ちになっているのである。これもまた、「老いる力」のなせるワザか。

もっとも、存在しないこと、無であること、そして次善の策として死ぬことを、と一瞬頭をよぎるほど、辛い不幸が重なったこともあった。しかしそれでも、生きている。生きていれば、老いる。老いても、時間とともに悲しみの記憶は消え失せていくわけではない。ただし、不思議なことに、私の中からバイタリティ（活力）が失われることはなかった。いやむしろ、老いとともに、自分の知らなかった自分に出逢える、新しい発見に、「老いの妙」のようなものを感じる時がある。

意外にも自分がカーマニアであると知ったのは、五十路を過ぎてからだし、還暦を過ぎてゴルフにはまり、そして役者としてのデビューを果たしたのも、その頃だ。なるほど、自分にはこんなところがあるのか、ふむふむと、自分の知らない自分を発見して驚くことしきり。それは、まるで未知との遭遇のような静かな感動を与えてくれる。これも、これまで大病を患わず、それなりに健康で老いの途上にあることのご利益に違いない。長生きしなければ、こんなことは実感できなかったはずだ。

英文学者でありながら、60歳を過ぎて老子の思想に出合い、長野県の伊那谷に移住した加島祥造さんという方がいる。著書『伊那谷の老子』にちなみ、ご自身もそう呼ばれ、晩年はタオイズム（道教）の伝道者となった、その加島さんが、私との対談でポツンと呟くように語った言葉が忘れられない。

「若い頃、周りには早熟の詩人が多くて、随分、劣等感に苛(さいな)まれたけれど、今になって思えば、ガキだったんだねぇ。そうガキだったんだよ。仲間うちで今も長生きしているのは、私だけ。でも、老いて初めてわかることがいっぱいあるんだね。ガキではわからないよ」

その「伊那谷の老子」も、2015年に92歳の生涯を閉じた。私には、加島さんの寿命までまだふた回りほどの年数が残されている。

生きること、食べること

無病息災、家内安全、商売繁盛。私たちの願う現世利益はだいたいこれらに集約されそうだ。

要するに、健康と安全とカネが、私たちが願う「幸福財」ということになる。その中でも、やはり健康は第一の「幸福財」ではないだろうか。それが欠ければ、安全もカネも意味をなさなくなるからだ。そのことを耳にタコができるほど、しつこく力説していたのが、私の母である。「食べなっせ、三度三度、しっかりと食べんと。栄養のあるもん、食べとれば、病気も逃げていくけん。どがん言うても、やっぱ、健康が一番だけんね。食べとるなら、そがん痩せとることはなかはずばい」

これが母の口癖だった。母は、恰幅(かっぷく)がよく、押し出しが利く体型を健康であることの理想と盲信していたのである。

痩せ型で筋肉質、身長1メートル80センチくらいで、体重60キロ台の中ほどという私の体型は、高校生の頃からほとんど変わっていない。しかし、食が細いかと言えば、決してそうではない。

むしろ、どちらかといえば、食が進むほうで、どんなに忙しくても日に三度の食事を欠かさないようにしているほどだ。それでも、太らないのである。子どもの頃から母の口癖を聞くたびに負担だった。しかし、長じて長男である私の兄、ハルオを終戦間際の食糧難による栄養失調で亡くしたトラウマのようなものが、母の口癖の背景にあることを知り、私は食に対する母の執念のようなものを感じるようになった。

そして、「生きるということ」は、すなわち、「食べるということ」である、が知らず識(し)らずのうちに我が家の不文律のようになっていたのである。生きることに貪欲ならば、食べることにも貪欲にならなければ。そして、贅沢ではなくても、栄養価の高いものを食べなければ。この思いは思春期の頃からずっと私を捉え、今でも食欲は旺盛である。たまの休みの時など、昼食をとっている最中に夕飯で食べたい物がいくつも浮かんでくるぐらいである。一緒に食べている妻も呆れるほど、私は食欲旺盛のようだ。でも太らないのだ。

　痩せ型ではあるが、人間ドックでどこかに支障があると言われたことは一度もない。これまで、不惑の年に自然気胸を患い、1カ月ほど入院した以外、大病で難渋したことなどもなく、いたって元気に古希を迎えたわけであるから、私は無病息災の部類に入るに違いない。

　自らの健康や体力を過信することはないが、そこそこに健康に対して楽観的でいられるのは、ひとえに母のお陰である。身体のインフラを作る大事な時期に、母を通じて旬の野菜や木の実など大地の恵みに浴し、そのお陰で今でも日々、三度の食事を楽しめるのであるから、私は幸せである。

　ところが、竹馬の友である鍛冶屋のケンちゃんや甘酒饅頭屋のトシくんは、ここ数年で鬼籍に入ってしまった。彼らとの幼い頃の記憶は、今でも故郷、熊本のことを思い出すかけがえのない縁である。あんなに快活で、何をするにも私をぐいぐいリードしてくれたケンちゃん。私の悪戯やわがままをやんわりと受け止めながら、友情を育んでくれたトシくん。彼らは、古希を迎えることなく、私より先に旅立ってしまったのである。どうして、私は今も元気で、彼らは不帰の人となったのか？　寂しくも悲しく、そして彼我の違いに思いを馳せざるを得ない。運命と言えば、それまでだが、どうしても思いをめぐらせたくなる。何が明暗を分けたのかと。

　そして行き着いたのは、私の中にある「食べること」への執着が、竹馬の友たちより強かったのではないかということだ。

　今にして思うと、彼らはそれほど食いしん坊ではなく、食欲を満たすことに強いこだわりがあったようにも見えなかった。どちらかというと、食には淡白なほうだったように思う。

　それは、彼らの個人的な趣向というより、幼い頃からの食習慣によって培われた傾向のようなものに違いない。実際、食べ盛りの小学生の頃、当時では珍しいケーキのようなおやつが出されても、我先に手をつけるのは私であり、ケンちゃんもトシくんも、それを一向に気にする風でもなく、私が彼らの分まで食べたそうな顔をしていると、たびたび、自分の分まで譲ってくれることがあった。彼らと比べて泣き虫のほうだったのに、こと食べることになると、私の貪欲さは彼らを凌いでいた。

その貪欲さが生命力の証であるとすると、私がケンちゃんやトシくんより長生きしていることに合点がゆく。と同時に何か一抹の後ろめたさのようなものがつきまとう感じがしないわけでもない。育ち盛りの頃、まるで彼らの恬淡とした性格につけ込むように、彼らの分まで口にしていた強欲さが、今の私の元気につながっているとしたら、何だかケンちゃんやトシくんに申し訳ない気持ちになってしまうからだ。

しかし他方ではこうも考える。今の私があるのは、死者たちのお陰であり、だからこそ、彼らのためにも1日でも元気に長く生きなければと。老いとともにその思いは強くなるばかりだ。

初恋、忘じがたく候

「老いらくの恋」とは、歌人の川田順が弟子と出奔(しゅっぽん)、「墓場に近き、老いらくの　恋は怖るる何ものもなし」と詠(よ)んだことに由来するらしい。

戦後の混乱期、すべての既存の価値が転倒したような世相に、当時68歳の川田が詠んだ、矢でも鉄砲でも持って来いの境地は、どこか痛快でもある。２０２０年に70歳を迎えた私にとって、68歳はほぼ同い年だ。この歌が詠まれたのは今から70年ほど前であるから、歌にある通り、その当時の68歳は棺桶(かんおけ)に片足を突っ込んだ「老人」と思われても不思議ではない。「墓場に近き」という言葉にそのあたりの様子がよく表れている。

今の私の年齢で「墓場に近き」などと言おうものなら、「ご冗談を」と軽くいなされそうだ。70歳といえども、今の時代、まだまだ現役という雰囲気が主流である。人生100年時代なのだから、「老いらくの恋」などということ自体、野暮(やぼ)なのかもしれない。

その一方で、「老いらくの恋」という歌には、どこかしら「自分ファースト」のニュアンスが強すぎる感じがしないわけでもない。もう「墓場に近く」、後先がないのだから、好きな異性と一緒に駆け落ちして何が悪い。その開き直った大胆さに胸がすく思いがするものの、「ドヤ顔」の開き直りが鼻につくのだ。もちろん、歌人の川田にそうした意図はなかったかもしれないが、歌だけを読む限り、そんな気がしてならない。

「老いらくの恋」が現在進行形で、恋愛真っ只中の状態だとすると、「初恋」の思い出は、過ぎ去った過去を慈(いつく)しむ、一人だけの郷愁に浸(ひた)るために存在するものである。そこに、誰かを傷つけるかもしれない、「老いらくの恋」のように脂ぎった生々しさはない。

初恋は、どこか枯れてはいるが、それでいて胸高鳴る恋の思い出である。個人的には、「老いらくの恋」に身を投じるより、初恋を慈しんでいたい。司馬遼太郎が、異国の地で抑えがたい望郷の念を抱き続けた人々の想(おも)いを『故郷忘(ぼう)じがたく候』に描いたように、私も「初恋、忘じがたく候」の境地に強い親近感を覚えている。

というのも、今でも半世紀前に亡くなった初恋の女性(ひと)への郷愁が、時おり私を身も心も初々しい時代に誘ってくれるからである。

忘れもしない、私がまだ小学生だった頃のことである、その女性は、転校生として私の前に初めて姿を現した。漆黒の瞳とおかっぱ頭の、いかにも都会的で洗練されたイメージを持った彼女は、その放つオーラで私を虜(とりこ)にした。

小学校の高学年、性に目覚めつつあった年頃だった。田舎のガキ大将で、粗野であることを男らしさと勘違いしていた私にとって、彼女は何から何まで新鮮だった。私の知らない世界のすべてを備えているように見えたのだ。「矛盾である。何から何まで矛盾である」。その矛盾が何を意味しているのか、私にはよくわからなかった。

熊本の片田舎の、あちこちに肥溜(こえだめ)の臭いが漂う世界に、突然舞い降りた、優雅な鶴のような彼女の存在そのものが矛盾なのか、あどけない表情の中に私を性の目覚めへと引き込む蠱惑的な何ものかが蠢いているように思えたことが矛盾なのか、あるいはそれまで一度も味わったことのない胸ときめく心のさざ波が矛盾なのか。私にはすべてが謎めいているようだった。ただ、ハッキリとしていたのは、彼女に近づき、彼女の初々しい笑顔を自分だけのものにしたかったことだ。

わんぱく盛りで、周囲から一目置かれていた私に興味を持ってくれたのか、彼女が我が家を訪ねてみたいと言ってくれた時は、天にも昇る心地だった。でも、掃き溜めの中の掃き溜めのような我が家に彼女を招くことに私は躊躇し、返事をうやむやにしているうちに「初恋の女性」は鶴のように突然、旅立ってしまった。父親の転勤で、再び他の学校に転校して行ったのである。私の失望と落胆はその後もずっと続いた。それでも、時がその思いを癒してくれた。

還暦の時、私はあるツテを通じて彼女のその後の消息を知ることになった。彼女は20歳になる寸前、交通事故で他界していたのである。そして、私の初恋の話をテレビで知ったらしい熊本在住のある男性から、手紙と写真をいただくことになった。彼は私の初恋の女性と同じ高校に通い、彼にとっても彼女は憧れの女性であったらしい。写真は、あのあどけなさを残しながらも、艶のある笑みを浮かべている彼女の姿を捉えていた。

還暦を迎え、人生の表裏をそれなりに理解できる年になっていたが、初恋のときめきは、決して消えていなかった。切なく、悲しく、そして無性に懐かしい感情が込み上げてくる。20歳にもならずに逝ってしまった彼女は永遠に若い。しかし、私は確実に老いる。何という、「矛盾」、そう言いたくなる。

しかし、だからこそ、私は何のてらいもなく、あの無垢な時代に浸ることができるのだ。彼女は永遠に若く、彼女に恋をした私も永遠に若い、そう勝手に思うようにしている。実に「初恋、忘じがたく候」である。

旅の力

わが児（こ）、わが妹（いも）、
夢に見よ、かの
國に行き、ふたりして住む心地よさ。
長閑（のどか）に愛し、
愛して死なむ
君にさも似し　かの國に。
翳（かげ）ろふ空に
潤（うる）みたる日は、

涙の露を貫きて輝く　君の
　心を洩らす
　眼相の　いと
神祕なる魅力あり、わが魂に。

かしこには、ただ　序次と　美と、
榮耀と　靜寂と　快樂。

高校生の頃、暗唱するように何度も口ずさんだボオドレールの詩集『悪の華』に収められた「旅のいざなひ」（鈴木信太郎訳、岩波書店、1961年）の一節である。

その頃、私はとにかく憂鬱だった。何もかもが灰色にくすんで見え、やりきれないほど退屈で、鬱陶しかった。自分が何者であるのか、ルーツも含めてあれこれと悩み、語り合える友や心躍る恋人もなく、将来の夢を託した野球にも自信をなくし、学校に通うのも億劫だった。

そんな投げやりの思春期、ふと古本の山の中に土色の煤けた文庫本を見つけ出し、私は貪るように読み耽けった。その蠱惑的なタイトル「悪の華」に心を奪われたのだ。独特の文語調の訳詩に高校生の私は、最初はなかなか馴染めなかった。

しかし、何度も声に出し、歌うように口ずさんでいると、心が軽やかになっていくようだった。とりわけ、「旅のいざなひ」は、格別だった。誰も知らない「遠くへ行きたい」、自分ではない別の自分になりたい。ひたすらそう願っていた私にとって、「かの國」への「旅のいざなひ」は、孤独感を癒やしてくれる見知らぬ友の囁きのように心地よかったのである。

すでに、永六輔さん作詞、中村八大さん作曲の歌謡曲「遠くへ行きたい」が、ジェリー藤尾の鼻にかかった哀愁の歌声で私の心を掴んでいた頃である。

遠い街　遠い海
夢はるか　一人旅
愛する人と　巡り逢いたい

孤独な一人旅に憧れ、どこか遠くで運命的な出逢いが待っている、そんな「かの國」を訪れてみたい。今から思えば、何と青臭いロマンだったことか。

ただ、見方を変えれば、その頃、私は間違いなく、「大人」になるための「遍歴時代」を迎えようとしていたのである。それから、約半世紀、私はひたすら遠くへ遠くへ行きたいと願い、限られた範囲ではあれ、さまざまな「かの國」を旅した。

東京、ソウル、ニュルンベルク、ロンドン、ベルリン、アムステルダム、シンガポール、ジャカルタ、ホノルル、シドニー、ニューヨーク、ブエノスアイレス、アテネ、マドリードなど、旅をし、時には長く住み着くこともあった。それらの場所を訪れるたびに、私は日常の義務や利害、心配や恐れを忘れ、ひと時、旅によって生じる心の変化を味わった。

それは、高校生の頃にロマンティックに思い描いた甘美な味わいではなかったにしても、旅のもたらす移動の感覚は、時の流れがすべてを忘れさせてくれるように、さまざまな束縛から私を解き放ってくれたのである。

だが、気がついてみれば、遠くへ遠くへ行きたいという遍歴の願望はいつの間にか消え失せていた。そして、まるで「家出息子」が放浪の果てにやがて家に戻って行くように、私はあの迷える青春期を過ごした場所、生まれ育った故郷に立ち返ることになったのである。

それでも、月に数回、熊本県立劇場の館長の仕事のため熊本に通うたび、故郷の変貌に驚くとともに、もはや故郷はかつての故郷ではないことを思い知らされる。私の描く故郷は今では記憶の中にしか存在せず、現実の故郷は「異郷」の地になり、私は「エトランゼ（異邦人）」になってしまった気分である。

時おり、内側から突き上げる悲哀のような感情が湧いてくることがある。その時は決まって、あの頃はこの場所であの人やこの人とこうしたり、あんなことをしたりしたと、鮮明な記憶が蘇ってくるのである。しかし、あの人もこの人も、今はもういない。彼らはただ記憶の中に生きているだけだ。

それでも、今では私はそうした記憶の旅をしながら、深い人生の哀歓のようなものに浸っていられるのである。この記憶の中に存在する故郷への旅に伴う哀歓を味わうために、私はひたすら遠くへ遠くへ、旅をしてきたのかもしれない。

その哀歓は、旅の遍歴の果てにやっとたどり着ける、年を経た者だけに許される境地に違いない。悲しみに喜びが、喜びに悲しみがへばりついているのである。それは、青年期はもちろん、壮年期にも経験したことのない心の変化である。年を経て得るものがあると実感している今日この頃である。

寝台列車に揺られ故郷を想う

夏目漱石の小説『三四郎』を気取って上京して以来、ほぼ半世紀が経つ。その間、私も変わり、世の中も変わり、故郷との距離感も変わった。それでも、父母が健在の頃は、盆暮れや正月には必ずと言っていいほど帰郷していたものだ。飛行機がまだ今ほど有力な交通手段ではなかった頃、私は夜行の寝台列車に揺られて故郷の熊本に帰るのが楽しみだった。

夕方のラッシュで混み合う東京駅。寝台列車「はやぶさ」に乗り込むと、心はどこかソワソワ、何となく落ち着かない。寝台列車に揺られての長旅を経て、初めて東京駅周辺の林立するビル群を見た時の圧倒された気分が蘇ってくる。上京したての初々しい記憶と、感動も薄れてしまった見慣れた都会の光景とが交錯し、過去と現在の間に宙吊りになったような感覚になる。

寝台列車にゴトゴトと揺られ、いつの間にか寝入っていると、時おりガツンと痞(つか)えたような急停車の衝撃で目が覚め、何ごとかとカーテンを開けると、窓越しに見える闇夜の中にポツンと灯りが点(とも)っている。そんな時は堪らなく旅愁が胸に迫ってくる。何だか、遠い見知らぬ世界を彷徨(さまよ)っているようで、気もそぞろになってしまう。でも確実に故郷・熊本に向けて列車は動いているはずであり、むしろその安心感が束の間の旅愁に浸ることを許しているのかもしれない。都会でのさまざまな人間関係から解き放たれると、心にも変化が訪れるように、長旅の移動は、現在を忘れさせる「忘却の水」のような働きがあるようだ。

現在から解き放たれて、向かうのは故郷であるから、勢い過去に向かっていくような気分にならざるを得ない。屈託のない子どもの頃の遊び場であった路地や雑木林、小川やため池、暮れなずむ山々や刈り取られた後の侘(わび)しい田んぼの光景など、いろいろな景色が脈絡なく浮かんでは消え、消えては浮かんでくる。

思春期、とりわけ高校生になってからというもの、見えない城の中に閉じ込められたような憂鬱な日々を送った記憶が強いせいか、思い出すのはそれ以前の、実に伸びやかで快活だった少年の頃のことばかりだ。

鍛冶屋のケンちゃん、甘酒饅頭屋のトシくん。記憶の底に沈んでいたようなものが次から次に浮かんでくる。木の枝に残った蛇の抜け殻をしげしげと見つめるように少年時代の甘美な思い出に浸っていると、夜は白々と明け、列車は山陽本線の「厚狭駅」に差し掛かる。「あさー、あさー、次は厚狭駅です」というアナウンスに思わずプッと吹き出しそうになる。車窓から望む出勤や通学で混み合う早朝のプラットホームが目の前を通り過ぎていく。そろそろ九州だ。心が躍る。夜行列車の旅は、私を一晩の放浪者に変え、過去への旅に誘ってくれたのである。

ガタンゴトン、ガタンゴトンと、列車は長距離ランナーが息も絶え絶えにゴールへ倒れ込むように、喘ぎながら熊本駅の構内にたどり着く。やっと着いた、熊本駅だ。駅舎を出て、下り線に向かって右側の方角に見える仏舎利塔とその横の万日山は、駅を行き交う人々をずっと見つめ続けてきた。その山の麓で私は産声をあげたのだ。幼少期を過ごした熊本駅や万日山の周辺を見るたびに、その光景が年ごとに変貌していくのがわかる。時は、「疲れを知らない子供のように」、嬉々として感傷的な郷愁など置き去りにしていくようだ。

だが、いつからだろうか、そうした感傷的な気分に切々と迫るものが希薄になったのは。それは、多分に、寝台列車の旅ではなく、飛行機を利用して帰省するようになってからかもしれない。現在では羽田空港から1時間半ほどの空の旅で熊本に着くのであるから、長時間の移動に伴う故郷への回想の時間などあるはずもない。ただ、慌ただしく、あれよあれよという間に熊本の地を踏むことになるのである。大都会から故郷へ短い時間で水平移動した感じで、やっとの思いで故郷にたどり着いたという新鮮な感覚などなくなっていたのだ。故郷は、極端にいえば、大都会・東京の遠い郊外のイメージに変わろうとしていた。

熊本空港の滑走路が延長され、国際線ターミナル供用が始まり、そして1990年代の終わりには「くまもと未来国体」に合わせて国内線ターミナルが増築オープンし、飛行機による故郷への帰省はありふれた光景になりつつあった。同時にそれは、私が大学に職を得、安定した家庭の基盤を築くとともに、メディアに露出するようになる時期とほぼ重なっている。人生の年輪からすると、それは壮年期のことで、私はいつの間にか、故郷のことやその追憶に浸る機会を知らず識らず失いかけていた。当然、懐かしき友のことを思い出すこともなかったように思う。

ただ、15年ほど前、母を亡くした時に私は故郷へ連れ戻された心境にならざるを得なかった。母の葬式に、何と幼なじみの鍛冶屋のケンちゃんと甘酒饅頭屋のトシくんが駆けつけてくれたのである。ケンちゃんとは数十年ぶり、トシくんとは20年ぶりの再会であった。

二人の顔を見た途端、私は思わず泣いてしまった。嬉し泣きである。故郷の友は、私の長きにわたる「不義理」に文句一つ言わず、私を温かく迎えてくれたのだった。故郷の友は何とありがたいことか。

故郷の友よ

　母の葬儀で親友に再会し、私の記憶は一気に少年時代に引き戻された。

　私より一つ年上のケンちゃんは、年齢以上に老け込み、口元から時おり顔をだす前歯の何本かは欠け落ち、煙草のヤニで黄ばんでいた。噂(うわさ)では腕のいい左官として重宝がられていたが、酒好きが災いして体を壊し入退院を繰り返しているようだった。

　小さい頃のケンちゃんは、小学校低学年の頃、あまり親しい友達のいなかった私を「遊びの王国」へと導いてくれた案内人であり、「メンター（指導者）」でもあった。ケンちゃんは何事にも器用で、自然界のことに詳しく、ケンちゃんと一緒であれば、行く先々、至るところが遊び場になった。雑木林の中の竹で編んだ木の上の小屋や、稲刈り後のワラで作った城、それらはみんなケンちゃんの作品だった。目ぼしい材料を集めてくると、見る見る小屋や城が出来上がり、まるで手品を見ているようだった。家業が鍛冶屋のせいか、ケンちゃんは鎌や鍬(くわ)、刃物の類の道具には事欠かず、器用にそれらを使い分けて自然の中に子どもだけの住処(すみか)を作ってくれたのである。住人は、ケンちゃんと私だけ。

考えみれば不思議だった。ケンちゃんは幼い私を圧倒していたはずなのに、私を自分の従者のように扱うことは一度もなかった。「いじめ」にありがちな「パシリ」として私を扱うことなど一度もなく、私とケンちゃんとの間には一切の上下関係がなかったのである。どうしてなのか。おそらく、ケンちゃん自身が社交的で要領のよい、教師に受けのいい生徒ではさらさらなく、むしろ「落ちこぼれ」を自認していたからかもしれない。

何事も一人で楽しむタイプのケンちゃんに私はどういうわけか気に入られたのである。そんなケンちゃんを私はある意味で頼りにしていた。何せ、ナマズやフナ、モズクガニやザリガニなど、川の生き物たちを釣りや手づかみで捕まえる腕前は天下一品で、しかもそれを自宅の井戸の洗い場で手際よく捌き、蒸し焼きにしたりしてお裾分けしてくれたからである。

古希を迎えた私が今でもどこかで自然と臍帯でつながっているような感覚を失わないでいられるのは、ケンちゃんとの至福の時を過ごしたからに違いない。無意識のうちに自然の中で生かされ、その中で育まれ、存分に遊んだという満足感を味わえたのも、「自然児」のようなケンちゃんのおかげである。

そのケンちゃんも数年前、帰らぬ人になってしまった。

「テツオー、よかところに行くけん、一緒にこんか?」

幼い頃、テツオと呼ばれていた私をいつも気軽に誘ってくれたケンちゃん。ケンちゃんがいなかったら、私の幼い頃の記憶は、きっと貧しく、そして自然の扉を開いて、その中で思う存分遊んだという清々しい記憶はなかったかもしれない。私は故郷の友によって生かされたのである。

その気持ちは、甘酒饅頭屋のトシくんに対しても同じだ。

トシくんは私と同い年。小学校の1年生になってすぐ、熊本駅周辺から北へ数キロのところに引っ越してきた私は、新しい環境に馴染めず、不安だった。そんな時、最初に知り合ったのがトシくんだった。どうしてトシくんだったのか。

トシくんはとにかくやさしかった。トシくんには険が立つところがまったくなく、近づいてくる者は拒まず、去る者は引き留めずという飄々(ひょうひょう)としたところがあった。しかも、人を引きずり下ろしてでものし上がろうとするギラついたところもなく、自分らしく生きればそれでいいという風情があった。そんなトシくんに同い年の友人たちは磁石に引き付けられる砂鉄のように近づき、トシくんの家はいつも同級生の溜まり場になっていた。

小学校の高学年になるにつれ、スポーツも学業もそれなりに目立っていた私は知らず識らずのうちにテングになり、険の立つ少年になっていたのかもしれない。そんな私が、トシくんと一緒にいると、不思議と心が和らいだのである。自分が背伸びしている、その無理がトシくんと一緒にいると消えてなくなり、私は自分が素の自分に戻っていくような気がしていた。

ただ、トシくんは意外にも流行には敏感だった。アメリカン・ポップスに始まり、エレキギターにのめり込み、やがて高校生になると、トシくんの家は、軽二輪の仲間たちの溜まり場になった。トシくんは特に率先してリーダーになろうとするわけではなく、むしろ控えめで自己主張を強く押し出さない性格のためか、アメリカン・カルチャー大好きの高校生たちのいい話し相手になったのである。

受験校に進学した私は、陰々滅々とした高校生活を送りながら、トシくんたちの「勇姿」を遠くから見るしか術はなかった。私はトシくんたちの輪に入ることができなかったのである。

それでも、大学を出た頃から、時おり、トシくんのところに立ち寄るようになった。家業を継ぎ、夫婦と子どもたち総出で新しい甘酒饅頭の店を切り盛りするトシくん。これが一番自分の性に合っている。トシくんは「平凡」こそ、自分の幸せと常々に語っていた。実際、パートナーに恵まれ、後継となる二人の子どもにも恵まれ、トシくんのお店は、新しいメニュー開発も功を奏して順風満帆のように見えた。

ただ、10年ほど前、ひょんなことからトシくんの店に立ち寄った時、トシくんから突然、一緒にアメリカに行ってくれないか、アメリカのドラマ「ルート66」と同じロードを一緒に車で走ってくれないかと拝むように頼まれたことがある。あまりにも唐突な願いに当惑するばかりだった。

後でわかったのは、トシくんはその時、前立腺癌が悪化し、かかりつけの医師から余命2年ほどと宣告を受けていたらしい。トシくんの家族の面々が押し黙るような重苦しい様子だったのも、そのせいだったのだ。

そして2年後、私は出版記念のイベントで熊本に行く道すがら、トシくんの入院する赤十字病院に立ち寄り、トシくんを見舞った。既に足の裏はパンパンに腫(は)れ上がり、尿の出が滞っているのが見た目にも歴然としていた。トシくんの目にうっすらと涙が光っていた。私もただ、もらい泣きするしかなかった。トシくん、故郷・熊本の竹馬の友、トシくん。何もしてあげられない無力さに不甲斐なさが込み上げてくる。

その1年後、父母の眠る墓に参ると、何と同じ墓地のすぐ近くにトシくんの真新しい墓が建っていたのである。漱石の小説『三四郎』にも登場する、熊本市内を見下ろす龍田山(たつたやま)。その中腹の墓苑に父母の墓を見守るように、トシくんは静かに眠っている。何という縁(えにし)だろうか。いずれ私が父と母のいる場所に眠るとすれば、トシくんは先輩として私に声をかけてくれるだろう。

鍛冶屋のケンちゃんと甘酒饅頭屋のトシくん。二人は不帰の人になってしまった。

それでも、彼らの思い出と故郷の記憶は、今でも私の中に生き続けている。故郷の友は、かけがえのない今を生きる私の拠り所でもあるのだ。

第3章
老いてなお興味津々

老いて興味津々

何事においても飲み込みが早く、早熟であれば、若いうちにいろいろなことが分かりすぎて、その後の人生はつまらなくなるのではないか。逆に奥手であれば、飲み込みが遅い分、年をとっても見るもの、聞くもの、体験するものが新鮮に感じられ、年をとることが楽しくなってくるのではないだろうか。

小さい頃から、万事において奥手で、いつまでも子どものままでいたいと願っていた私は、成長することそのものに抵抗感があった。思春期になれば、性に目覚め友達とワイ談にふけったり、流行りのスタイルや音楽などに夢中になったりするはずなのに、そうしたことが、どうも苦手だったのだ。

それはなぜか。大人になることに対し強い違和感を抱き、無邪気で屈託なく、ただ朝から晩まで遊び続けていられた子どもの頃に戻りたいという「退行」願望が強かったからではないか。

のちにある雑誌の対談で、心理学者で文化庁長官を務めたことのある河合隼雄(かわいはやお)さんが、私の退行願望を分析してくださった。河合さん曰(いわ)く、私は思春期から大人への橋渡しとなる丸太の上で、進むことも戻ることもできないまま佇(たたず)んでいる状態だったというのである。

河合さんの巧みな喩えを使うと、深い霧の中、丸太の橋を渡ろうとした私は、霧の隙間から深い谷底を覗いてしまったため、足が震えて身動きできなくなっていたということだ。普通なら、深い霧で谷底など見えず、すんなりと丸太を渡ってしまえるのに、私の場合、それが見えてしまい、大人になることに尻込みし、かといって子どもの頃にも戻れず、まごまごしていたことになる。

河合さんはズバリ、谷底を「死」に喩え、私に何か心当たりがないかと尋ねてきた。そういえば、わんぱく盛りの頃、近所の鍛冶屋の息子のケンちゃんに誘われて、交通事故の凄惨な現場を見たことがあった。

　黒山の人だかりの中、まるで石榴のように頭が割れた中年の男性がアスファルトに横たわり、息も絶え絶え、断末魔の苦しみの末、最期を迎えようとしていたのだ。暗赤色の血がアスファルトにゆっくりと広がる光景は、あまりにも衝撃的だった。私はただ怖くなり、一目散に家に飛び込み、母の懐でただ泣き崩れていた記憶がある。

　そんな望みもしない「早熟」な死との出合いがトラウマとなり、私は半ば自分でも気づかないうちに大人になることに抗い、死を目撃した以前の世界に戻ろうとしていた。河合さんの見立てはこうだった。言われてみれば、謎解きのようなもので、奥手だと思っていたものの正体は、死を恐れるあまり、大人になりたくないという願望だったのだ。果たしてそうした説明が正しいのかどうか、私にはよくわからない。ただ、そうやって心の平衡を保とうと、無意識に努力していたとすると、なるほどと思わざるを得ない。

　しかし、そうした退行願望のおかげで、実年齢の割に私は自分が年をとったと感じることがなく、見るもの聞くもの、すべてが興味津々に思えるのだから皮肉なものだ。

もし「体感年齢」なるものがあるとすると、私にとっては今こそが青春真っ盛りなのである。だから、「年寄りの冷や水」と揶揄されても、チャレンジしたいことがいっぱいで、時間が足りないほどだ。

一度は役者をやってみたいと思い、還暦を過ぎてセリフ覚えもままならないのに、行定勲監督のショート・ムービー『うつくしいひと』に準主役級で出演した。また無謀にもＮＨＫの大河ドラマ『いだてん〜東京オリムピック噺〜』のちょい役も買って出ている。プロの役者には失礼とは思いながら、一度は舞台やスクリーンの中の登場人物になってみたい、映画やドラマの現場とはどんなものなのか、興味津々だったからだ。

また早熟でなくても、奥手でなくても、車のライセンスぐらいは若いうちに取っておこうとするはずなのに、私の場合、車そのものをずっと受け付けなかった。五十路の坂を越えることになってから、晴れて一人前のドライバーになったのである。

自動車学校では最年長、大学の教え子のような若者に交じって、これまた大学院生のような教官に叱られながら、それでも学科、実地とも1回でパスしたのであるから、我ながらよくやったと褒めてやりたいほどだ。

ライセンスを取ったばかりの頃はお気に入りの車、サーブでよくドライブに出かけた。夜空に蛍のように瞬く高層ビルの間を縫うように走ると、まるで別世界にスリップしたようだった。このワクワク感こそ、興味津々なものにチャレンジした時に伴う高揚感であり、年をとって新しいことに出合えてよかったと思う瞬間である。

そして白秋に差し掛かり、今度は、これまで蛇蝎（だかつ）のごとく毛嫌いしていたゴルフに凝るようになり、今では「孤独のゴルフ」が私の楽しみの一つになっているのである。高速を駆け抜ける際のスリリングな興奮とは違う、心に染み入るような独り（ひと）だけのワクワク感。五十路を越えて悲しいことが多かっただけに、これだけワクワク感に浸れるのがありがたい。老いてなお興味津々である。

出たとこ勝負

年金だけでは老後の生活費に2000万円の不足が生じる。2019年6月に公表された金融庁の審議会報告書をめぐって、老後不安が大きく取り沙汰された。政府は報告書の受け取りすら拒絶。不安を煽(あお)ってはならないと火消しに躍起になったことは記憶に新しい。

でも何を今さら、とっくに分かっていたことではないのか。公表以前から雑誌や新聞、テレビなどで、老後の生活費の不足はさかんに報じられてきた。要するに、国民はとっくにそれに気づいていたのだ。

さらに金融庁の報告書をめぐるドタバタ劇は、皮肉にも年金そのものに対する不安を広げることになった。「年金だけで大丈夫か」ではなく、「そもそも年金は大丈夫なのか」になってしまったのだ。

卑見を述べさせてもらえば、私は審議会報告書をめぐる「騒動」が「不都合な真実」に目を向けるいい機会になったのではないかと思う。「年金とは何か」「どうしてできたのか」「年金を支える相互扶助の精神とは何か」など、一度は考えてみるべきテーマだと思うからだ。そうした問題提起が「老後を生きるには何が必要なのか」について自問自答してみるきっかけになるのではないだろうか。

翻って私の場合はどうか？　正直に言うと、そもそも私は年金などに関心も興味もなかった。社会の相互扶助やセーフティネットに依存しようとする発想が希薄だったのだ。

その理由は簡単だ。父と母の影響である。

父と母は無年金者で、自分たちは公的な扶助や社会のセーフティネットの埒外にいると思っていた。そこには、常に国籍の壁が立ちはだかっていた。やや理屈っぽく言えば、彼らは憲法25条に謳う日本国民であれば保障されるべき「健康で文化的な最低限度の生活を営む権利」など、ハナから自分たちには無縁であると観念していたのである。

とにかく自分で商いを始めるしか生きる術はなく、今でいうアントレプレナー（起業家）として生きる道を選んだのである。もちろん、アントレプレナーのような格好いいものではなく、社会の底辺で悪戦苦闘する人生だった。苦闘する人生は人を鍛える。幼い頃、父と母から異口同音に聞かされたのは、「人生は、出たとこ勝負」という言葉である。これほど不確実で、場合によっては無責任な言葉はないかもしれない。でも彼らは真顔でその言葉を自分たちの処世訓にしていたように思う。

ややこじつけの感があるかもしれないが、「出たとこ勝負」という彼らの処世訓は、実は時代を先取りしていたとも言える。

金融やＩＴを中心に回るグローバル経済は、日々「出たとこ勝負」の、不確実性をダイナモ（発電機）にして動いているように見えるからだ。猫の目のごとく変わる株価の変動のように、彼らは、すべてを時々のチャンス（機会）に任せるしか、生きる術はないと見切っていた。

その結果、父と母には、老後というものがなかった。そもそも、「老後の生活」を想定することができなかったからだ。最期に息を引き取るまで働く。これが彼らの「老後」だった。それは、よく言えば、生涯現役ということになる。もっとも、父は働きづめで73歳にして癌で他界。母は同じく働きづめで80歳にして静かに眠るように息を引き取った。それは、果たして幸せな老後だったのかどうか、私には分からない。そもそも、彼らには「老後」などなかったのだから。

父母と私の違いは、私が大学に職を得、給与所得者になったことである。それまでは私も父と母と同じように、確実な将来の保障となる年金など、まったく想定したこともなかった。私も「出たとこ勝負」だったのだ。

しかし、毎月給与が振り込まれ、厚生年金の拠出を賦課され、そして年に2回、ボーナスが出る。そんな判で押したような確実なものが三十余年にわたって繰り返されると、私の中から「出たとこ勝負」のふてぶてしさは影をひそめ、何やら確実なものがなければ、不安になる性分となってしまった。

時々、そんな性分が嫌になることがある。どこかで「出たとこ勝負」の「老後なしの人生」を送ってみようと思い立つ自分がいるのだ。古希を迎えたことをきっかけに不安に駆られながらも、どこか意気軒昂としていた青年の頃にもう一度立ち戻ってみてはどうか。しきりに嗾ける自分がいる。もちろん、その声が大きくなるたびに、三十余年にわたる給与所得者の習性に慣れきったもう一人の自分が呟く。「やめとけ、やめとけ、危ない橋を渡るのは」と。この葛藤は当分続きそうだ。それでも、〝古来稀〟な年齢を機に「出たとこ勝負」の「老後なき老後」を送ってみたいという気持ちは、ますます強くなっていくようだ。

本番力

テレビという、今では斜陽の影が差しつつあるメディアに出演するようになってかれこれ30年になる。１９９１年、ペルシャ湾周辺地域で起きたイラクと米国を中心とする多国籍軍との戦争（湾岸戦争）をめぐる深夜の生放送討論番組（「朝まで生テレビ!」テレビ朝日系列）が始まりだった。

当時は、映画監督の大島渚さんや作家の野坂昭如さん、さらに評論家の西部邁さんなど、一癖も二癖もある論客ぞろいで、口角泡を飛ばして論争することなど序の口、時には怒鳴り声を上げたり、罵倒したりの連続だった。そんな猛者たちが明け方まで、延々と真剣勝負の討論を繰り広げるのであるから、スタジオは凍てついたり、興奮したりしているのだろう。

そういったスタジオの中の「猛獣」たちをけしかけたり、なだめたりするのは、司会の田原総一朗さんだ。その口吻も、激昂すると論客以上に挑発的になり、論客に劣らず箍が外れた調子になるのだから、自分がこんな番組に出ることなど、考えも及ばなかったのである。

にもかかわらず、無謀にもスタジオに足を運んだのは、何かただならぬことが遠い中東の地で起きつつあると直感したからだ。自分なりのオピニオンを電波を通じて発信できれば……、そう考えたからだった。

とはいえ、前のめりの気持ちも本番が近くなるにつれて萎えてしまい、足元もおぼつかないほど気後れしていた。何が起きるかわからないスリリングな展開が「朝生」の売りになっていたためか、打ち合わせなどほとんどないに等しかった。

ところが、いざ本番になると、不思議なことに何かが吹っ切れたような気持ちになり、百戦錬磨の論客たちと渡り合うことができたのである。番組が終了した後、ディレクターから「姜さん、落ち着いていて、テレビ初登場とは思えないですよ。姜さんは本番に強いんですね」とお褒めの言葉をいただいたのだ。

以来、ほぼ30年、ローカル局の番組も含めてテレビとは付かず離れずの関係を続けてきた。出演回数は、総計3桁の数に及ぶはずだ。テレビに出る前は、メディアで名を馳せる学者や識者、ジャーナリストを「電波芸人」などと蔑み、蛇蝎のごとく嫌っていたのに、いつの間にか私が「朝生文化人」なる言葉で括られるようになったのである。

学者や研究者が「文化人」、さらには「有名人」とみなされる風潮に強い違和感を抱きながらも、テレビと付かず離れずの距離を保ち続けてきたのは、格好よく言えば、アカデミズムとジャーナリズムの間を行き来しながら仕事ができないかと考えていたからである。

同時に、時が経つにつれて、テレビという、生身を晒さざるを得ないメディアに対する緊張感と、それが内側から弛緩していく解放感との絶妙のブレンドに知らず識らずのうちに魅入られている自分に気づくようになった。特に生放送の番組の場合がそうだ。事前の想定を裏切るようなハプニングが起きるたびに、パニックになりそうなのに、一方でどういうわけか、動じることなく冷めた目で事態を眺めるもう一人の自分がいて、その動揺と沈着の間にいる心地よさを知るようになったのである。

ところが、そのテレビも、本番までに入念なリハーサルを繰り返すこともあり、そうなると、途端に私の中から動揺と沈着の間にいる名状しがたい愉しみのようなものは消え失せ、ただ予め書かれた文字や絵の上をなぞっていくような気持ちになってしまうのである。

リハーサルには、間違っても大丈夫という「保険」がかけられているのであるから、緊張感も解け、リラックスして臨めるため、ミスやポカが減りそうなはずなのに、私の場合、逆にそれが多くなり、だらけてしまうのである。どちらかというと心配性で、あれこれと考えあぐねてシニカルな諦念に陥りがちな性格なのに、どうやらその心配を軽減してくれるはずの「保険」が災いしているらしい。要するに、リハーサルではさざ波のように押し寄せる緊張と、それを押し戻すような沈着さとの力動的なせめぎ合いの中にいる快感が薄れるようだ。

中でもＮＨＫはさすがに公共放送を建前にしているせいか、どの番組でも入念なリハーサルを繰り返し、ミスのない番組制作を真骨頂にしている。しかし、私の経験からすると、制作スタッフが粒ぞろいのＮＨＫなのに、「保険」のかけすぎでぶっつけ本番の醍醐味が薄れていくような気がすることがたびたびあった。もちろん、「リハーサル文化」にこそ民放テレビ局にはないＮＨＫらしさがあるのかもしれない。

しかし、今は地震や台風、豪雨など、想定外の自然災害が頻発し、リーマンショックのような突然の経済的なクラッシュが起きる時代である。言ってみれば、「出たとこ勝負」の時代を私たちは生きているのである。リハーサルがすべて無駄とは思わないが、常に何らかの対応ができるように普段から訓練しておいたほうがいいように思える。それを「本番力」と言うならば、私はこの30年近く、テレビを通じて知らず識らずのうちにその力を鍛えていたことになる。

少年時代のアイスキャンデー

食いしん坊万歳❶

食いしん坊を自認する私だが、さすがに夏場は胃腸の調子が芳しくなく、食いしん坊返上といったところか。コロナ禍と茹だるような暑さのせいで、2020年の夏は特に、体調がおかしくなり、お腹がいつもゴロゴロ、どうもスッキリしなかった。座って仕事をする時間が増えた上に熱中症対策もあり、勢い外で体を動かす時間も少なくなったせいだろうか。

気がついたら、夜、なかなか寝付けず、真夜中、一度は必ず目が覚め、その後は眠いのにグズグズ時間が経ち、熟睡している時間がめっきり減ってしまった。お腹が全体に硬くなった感じで、食も細くなってしまった。以前は、これも食べたい、あれも口に入れてみたいと、朝食の時から夕食は何にしようかと気になるほどの、まさに「食いしん坊万歳」を地でいっていた私なのに、食べることが少々、億劫になるほどだった。こんなことは、今まで一度も経験したことはない。もちろん、風邪を拗らせたり、食あたりで吐き気がしたりするような時は別だが、それ以外は、私はいつも人一倍、食い意地が張ったほうだった。でも、よくよく考えてみれば、食が細くなるのも悪いことばかりではなさそうだ。なぜなら、これまでの食いしん坊万歳は、節度を知らない、その場の食い意地に任せた食との付き合い方だったのかもしれないからだ。

また常々、人間は「歩く食道」で、とにかく三度三度、しっかりと体に栄養のある物を食べなさいという「母の教え」もあって、食べることに必要以上に執着していたことも響いたのかもしれない。コロナ禍で体調を崩し、結果として食が細り、食べる物にも気をつけるようになったのは、これまでの食い意地が張っただけの食いしん坊万歳とは違う、食との付き合い方の「ニュー・ノーマル（新しい日常）」を見つけ出して欲しいと、お腹が私に知らせているのだろう。

そう考えると体調の変化は、私の食との付き合い方を変えなさいというシグナルではないかと、むしろプラスに思えてきたのである。

背丈があって細身で、冷え性なタイプなのに、これまで私はとにかく冷たい物を好んできた。夏場となれば、なおさらだ。熊本の夏は暑い。アスファルトが溶け出すのではないかと思えるほど暑い夏。野球や海水浴、プールや川での水遊びなど、とにかく夏は私にとって心身ともに浮きたつ季節だった。幼い頃から、夏にまつわる思い出はたくさんあるし、思春期の淡い恋の思い出も、夏に決まっていた。そんな熊本の夏の定番は、喉から臓腑（ぞうふ）に入ると、汗まみれの体をその冷たさでキューと引き締めていくように感じさせてくれる水飴だった。小さな樽の中で氷の塊によって冷え冷えになった薄茶色の水飴が、樽に備え付けの小さな蛇口から紙コップに注がれる時、私の心は高鳴り、飲む前から幸せだった。その昔、水飴は全国を巡回して歩く紙芝居のお供として、多くの子どもたちが楽しみにしていたものだった。熊本の田舎まで巡回し、紙芝居を見せてくれたゴマ塩頭のおじさんが、オマケだと言ってもう一杯並々と水飴を注いでくれた時など、天にも登るほどだった。

幼い頃の至福の体験に夏の忘れがたい思い出の数々が重なり、飲み物も、食べる物も、冷たい物が好物だった。冷やした飲み物であれば、何でもござれ。アルコール類を飲めるようになってからは、ビールからリキュール、焼酎から冷酒まで、量は多くなくても冷たい物が大好きだった。また麺類で言えば、冷麺や冷麦、ざるそばに冷やし中華、汁物で言えば、細切りの胡瓜を具に氷で冷やした味噌汁や冷やしたカボチャのスープなど、そして熊本の夏の風物である冷やした西瓜には特に目がなかった。色鮮やかに熟れた西瓜の果肉を食らいつくように頬張ると、サクサクとした食感とともに甘い果汁が口の中に広がり、体の中が涼しげなオアシスに豹変していくようだった。西瓜の種まで噛み砕きながら胃の中に流し込んでいたのであるから、西瓜は私にとって夏場には欠かせない果物の中の果物だった。

　次から次に冷たい物のオンパレードであるが、小さい頃からのお馴染みの冷たい物と言えば、やはりアイスキャンデーである。アイスを頬張る至福の時間を身体がずっと記憶していたのか、つい最近まで私はアイスクリームには目がなかった。妻から何度も寝る前のアイスクリームは体を冷やすのでよくないと叱られても、上の空だった。妻の目を盗んで冷凍庫の奥に押し込んであったハーゲンダッツのバニラ味を口にすると、舌に広がる冷たい甘美な味に身が蕩けそうになる。そして、子ども時代に口にしたアイスキャンデーの味が思い出され、熊本での夏のひと時が浮かんでくるのである。

食の「ニュー・ノーマル」

食いしん坊万歳❷

子どもの頃から冷たい物大好きの私が、コロナ禍が本格化して以降、冷たい物は口にせず、飲み物も、食べる物も、温めた物しか受け付けなくなったのは、我ながら不思議でならない。しかも、一日3食という、「母の教え」の不文律に背き、一日2食がそれこそ「ニュー・ノーマル」となったのであるから、大きな変化である。

アルコール類も、日本酒や焼酎が多くなり、立ち眩みのするような夏の暑さの余韻が残る夕方でも、熱燗の日本酒か、沸騰したお湯で割った焼酎を、それも嗜む程度で満足するようになったのであるから、嗜好の変化に我ながら驚かざるを得ない。野菜も生のまま、天然の塩や信州の美味しい味噌をつけて齧って食べるのが定番だったのに、今では炒めたり、温菜にしたり、とにかく火を通して口に入れるようになった。

そして身体を芯から温めてくれるスープなどの汁物をゆっくりと舌で転がすように味わいながら飲み込むと、身体中に静かなエネルギーが漲っていくようで、心地よい。それは、夏の暑さで汗だくになった身体をキュッと引き締めてくれるような冷やした飲み物や食べ物とは違った清々しさだ。

夏が青春真っ盛りのシンボルだとすると、若さの勢いに任せた食いしん坊万歳は、無鉄砲な貪欲さを鎮めようと冷たい物を必要としていたのかもしれない。それは、バランスを取ろうとする身体の絶妙の働きだったのではないか。しかし、還暦を過ぎ、古希に近づくにつれて、若かりし頃の無鉄砲な貪欲さは影を潜め、夏の暑さを戸外で楽しめるだけの体力もない。

でもだからと言って、ただ衰えていくのを待つばかりかというと、そうでもない。年齢にふさわしい身体の〝地の力〟を養っていけばいいのだ。そのためには、若かりし頃とは逆に、身体を冷やさない飲み物や食べ物の摂取が不可欠であり、そう考えると、今ではそれを口にすることが美味しく、楽しいとすら思えるようになってきた。

コロナ禍の夏のひと時の体調不良は、そうした転換を迫る私への警告だったに違いない。

高原の夏は足早に過ぎ、我が家の庭にも秋の気配が感じられるようになった。果たして病院のお世話にならずに夏を乗り切れるかと、心許なかった盛夏の頃が嘘のようだ。これからコロナ禍の大きな波が襲ってきても、乗り切れるという確信のようなものが芽生えつつあるのも、古希にふさわしい食いしん坊万歳の「ニュー・ノーマル」を見出したという手応えを感じはじめているからか。

チャレンジは未知との遭遇❶
人生はなりゆきの連続

サプリメントのテレビCMで古希をはるかに過ぎたような「後期高齢者」が、ラグビーボールを抱えて、敵陣に乗り込んでいくような勇姿を見せられると、「凄いなぁー」と思わず感嘆の声を上げてしまう。どんな年になっても、未知のものにチャレンジする精神こそ、若々しさの秘訣なのだろう。分かってはいる。現状に甘んじず、何事においても新しいことにチャレンジしてみることが、「精神年齢」の若さに通じていることを。

でも、なかなか新しいことにチャレンジしてみる意欲が湧かない。湧かないだけではなく、そうしたチャレンジ精神をことさら吹聴することにどこか引っ掛かりというか、抵抗感を覚えてしまうのは、それこそ、私が年をとったせいか。

少なくとも還暦を迎えるまで、私はそのような抵抗感に馴染んでいたせいか、自分は自分、これでいいんだと、どこか開き直っていたように思う。

翻って学生の頃から、私は新しいことにチャレンジすることに二の足を踏むほうだった。新しいことにチャレンジすると言えば聞こえはいいが、結局、いつも流行を追うだけの軽薄な振る舞いに過ぎないのでは……。いつもキョロキョロ、周りを見渡しては新しいこと、目先の変わったものに飛びつき、一時の流行を追いかけては、飽きるとまた次の新しいことに飛びつく。そんな軽々しい生き方ではなく、時代が変わろうと万古不易、どっしりとして変わらざるもの、それを深く掘り下げていきたい。とにかく、そうした「硬派」の心意気を何よりも尊いと勝手に思い込んでいたのである。要するに、いろいろなことにチャレンジして何ひとつモノにならないより、一つのことに深く沈潜してモノにしたほうがはるかに尊いという偏屈な信念に凝り固まっていたのだ。

ではなぜ、そんなに偏屈だったのか。掘り下げていけば、結局、私がどこか臆病だったということに尽きる。失敗するのではないか？　失敗したらどうしよう？　バツが悪いだけでなく、物笑いのタネになり、大恥をかいてしまうのではないか？　疑問符だらけの不安が先走り、新しいことへのチャレンジを遠ざけていたのである。それは、「不安」というより、「怖れ（fear）」に近い感情である。

幼い頃から、父と母の愛情をたっぷりと受け、大人たちから深く愛されたという記憶がたくさんあるのに、どうして「怖れ」に近い感情が私の中の深い部分に居座ったままだったのか。親を含めて、大人たちの愛情に包まれた幼少期を過ごすと、成長するにつれて比較的心が安定し、不安や恐怖などの否定的な感情から自由な大人になると言われていただけに、首を傾げざるを得ない。

その答えのヒントは、すでに紹介したように、文化庁長官も務めた心理学の大家、河合隼雄さんとの対談から奇しくも与えられることになった。要するに、少年期、近所の知り合いのおじさんが事故で瀕死の状態になっている現場を垣間見、以来、死のリアルな衝撃がトラウマ（精神的外傷）となって尾を引くことになり、物事をどちらかというと、悲劇的に見てしまう性向になってしまったと言うのである。

そういえば、私は物事を喜劇的に捉えるよりは、悲劇的に見てしまう癖があるようだ。これは、私の独断と偏見かもしれないが、自分の人生を含めて世の中のことを悲劇的に見てしまう人ほど、新しいことにチャレンジすることに臆病で、他方、万事、世の中は喜劇的な世界から出来上がっていると思える人ほど、チャレンジ精神が旺盛なのではないか。

私は大人になってからも、そうした悲劇的な人生観が染みついていたせいか、果敢に新しいことにチャレンジして未知の分野を開拓していくよりも、ひとつのことをコツコツ、自分のペースで極めていくほうが性に合っていた。その意味で、研究者になり、大学の教員になったのは、必然的な巡り合わせだったと言えるかもしれない。

しかし、私本人は悲劇的な人生観に慣れ、一つのことしか専念できない不器用な人間で、複数の分野に自分の活動範囲を広げ、新境地を開拓していくなど、到底自分にはできないと思っていたのに、皮肉にも世間では器用で要領のいい、チャレンジ精神旺盛な人間と見なされるようになっていた。それは本来の自分の姿ではなく、むしろその逆だと言いたいのだが、イメージがいったん定着すると、それを否定することはなかなか難しい。

官学アカデミズムの中にポストを占め、テレビや雑誌、ビジュアル系の週刊誌にも顔を出し、挙げ句、美術番組の司会もやってのける「マルチタレント」的な学者、あるいは「文化人」。これが、いつの間にか私に付き纏(まと)うイメージになってしまった。自分の狭い専門領域を超えていろいろな分野に手を伸ばしたのは、そうしたいと思っていたわけではなく、行きがかり上そうなっただけに過ぎない。つまり、新しい分野に進出し、自分の可能性を試してみたいというチャレンジ精神からではなく、人に頼まれて断れず、おそるおそる異分野に足を踏み入れるうちに、気がつけば何とかそれなりにサマになっていたのである。

チャレンジは未知との遭遇❷

思い切りの力

ただ、還暦を過ぎる頃から、私の中に知らない間に変化が起き、気がつけば新しいことにあれこれチャレンジするようになっていた。父や母が他界し、学生の頃から生涯の友と慕っていた「心友」に先立たれ、何か吹っ切れたような感じがしたのである。特に、無二の「心友」の最期を看取ったことが大きかった。私よりも大柄で、押出しのいい体躯の彼が、大腸癌の進行とともにみるみるやつれ、骨皮だらけの姿に変貌し、それでも必死に生への執着を忘れずに苦闘する姿は、痛ましいと同時に崇高でもあった。

家族から感謝のエールを送られながら、息絶える瞬間まで生きようとする信念を貫き通した我が「心友」の最期は、見事としか言いようがなかった。死への恐れがなくなったわけではないにしても、悲しみとともに、何か吹っ切れたような気高さへの感動が私の心をつかんで離さなかった。

怖れよりは、吹っ切れた生き方をしたい。そんな願望が私の中にむくむくと頭をもたげ、悔いのない人生でありたいと思うようになったのである。

還暦になって自動車の免許を取得し、時には真夜中の首都高をドライブするようになったのも、そうした願いの一つのあらわれだった。

「真夜中、首都高を一人で走っていると、蛍が浮かんでいるんだよ。ビルの窓から漏れる灯りが蛍に見えるんだ。いいよ、真夜中の『孤独なドライブ』は」

亡くなった「心友」の言葉に背中を押されるように50歳を過ぎての自動車学校通いにチャレンジしたのも、何か吹っ切れた心境のなせるワザだったのかもしれない。それまで、タクシーには乗るのに、自動車を蛇蝎のごとく毛嫌いし、日常の移動手段は徒歩か自転車か公共の交通機関と決めつけていた私にとって、マイカーによる深夜のドライブなど、予想だにしなかったことである。挙げ句に、カーマニアになろうなどとは……。自分でもその豹変ぶりに驚いている。

今では車は単なる移動手段ではなく、子どもの頃、大人たちの目を盗んで自分たちだけの世界に浸れたニッチな移動する「路地」でもある。そこで遊ぶことで、孤独が癒されていくような気持ちになるのだ。そして気ままにふっと訪れたい場所に行けるのも、車のおかげである。

もちろん、排気ガスを撒き散らすことや、振動や騒音による環境の悪化、さらに社会的な負荷などを考えると、どこか後ろめたい気持ちにならざるを得ない。それでも、車で満喫できる喜びは私の人生に彩りを与えてくれている。それは、チャレンジしてみようとする思い切りがなかったならば、発見できなかったに違いない喜びである。

車へのチャレンジを通じて私はイソップ寓話の一つの「酸っぱい葡萄」から解放されたのかもしれない。それは、狐が欲しがっていた葡萄が手に入らず、狙っていた葡萄は、きっと酸っぱくて美味しくはないと負け惜しみのように自分に言い聞かせるお馴染みの物語である。

可笑しなもので、いったん一つのことで突破口が見つかると、堰を切ったように新しいことにチャレンジすることが苦にならなくなったのである。いや、苦にならないばかりでない。自分の知らなかった自分に初めて出逢うような気がして、ワクワクするようになったのである。

映画やドラマの出演を果たしたのも還暦を過ぎてからである。そこで、いろいろな役に「変身」できる快感の一端を味わい、いつかはこんな悪役をやってみたいとか、こんなヒロインの相手をしてみたいなど、願望というか、妄想というか、想像は尽きず、古希を過ぎてもどこからかお声がかからないか、今でも心待ちにしているのである。

役者だけではない。声優の仕事にもチャレンジしてみたい。自分では自分の声を「いい声だ」などと自惚(うぬぼ)れることなど一度もなかった。それでも、還暦を過ぎ、人の声と心身の関係を研究している専門家から、「姜さんの声は人を誑(たぶら)かす声です」とお褒めいただいて以来、俄然、FMラジオの人気番組『JET STREAM(ジェット・ストリーム)』の往年のナレーター、城達也ばりのバリトンでリスナーを蕩かしてみたいなどと、妄想は広がるばかりだ。

毛嫌いしていたゴルフに挑戦し、最近では「孤独のゴルフ」で心を癒すようになったのも、吹っ切れたチャレンジ精神がもたらしてくれた効能なのかもしれない。

さらに、小説らしきものにも手を出し、『母』や『心』などの著作を世に出したのも、悔いを残さず、やりたいことがあれば、とにかくチャレンジしてみるという、「出たとこ勝負」の吹っ切れた大胆さの賜物である。

まだまだ、やりたいことはたくさんある。臆病な、引っ込み思案の私がそんな図太さのようなものを身につけるようになったのであるから、人生はわからない。いや、本人にもわからないからこそ、生きていることは面白いのかもしれない。自分も知らない自分に出会えるのであるから。

第4章 妻の教え

無くて七癖

長生きはもっけの幸いだが、誰もが長寿を全うできるわけではない。しかも、健康で長生き、つまり健康寿命を延ばせる人は、かなりの僥倖に恵まれていると言えるだろう。

私はと言えば、古希を過ぎどこにも健康の不安がないのだから、僥倖に恵まれているようである。すでに泉下の人になってしまった幼なじみや友人の数を数えると、十指に余るほどである。それに対して「体感年齢」では、まだ青春真っ盛りの気分でいられるのだから、私には長寿という〝もっけの幸い〟が今後も続きそうな予感がしている。

しかも、その予感は今では確信に変わりつつある。

何も私は人一倍生きることに貪欲なわけでも、また生への執着が強いわけでもない。それでも、長寿への確信が揺るがないのは、きっと長年の習慣の力によるものである。つまり、習慣の力で、命取りになりかねないリスクを減らすことに努めてきたという自信があるのだ。

努力によって得られる習慣だけが「善」であると説いたのは、かの有名な哲学者、カントである。もちろん、私などはカント先生には遠く及び難く、禁欲的な努力で習慣の力を身につけてきたわけではない。その代わりになったのが、「母の教え」だった。

読み書きにも不自由な母であったが、「悪癖」となったクセを習慣の力で宥(なだ)めすかしていくことが、長生きのコツであることを父祖伝来の知恵として受け継いでいたのである。特に栄養価の高い旬の食材を使った料理づくりを心がけてくれたせいか、私は長い間、日に3食、「偏食」などとは無縁の、実にバランスのよい食事をとる習慣に馴染んできた。クセが悪癖となれば命取りになりかねないとよく知っていた母は、それらが悪さをしないよう、上手に付き合うコツを教えてくれたともいえる。

クセは「癖」という漢字の成り立ちが示しているように、病的なニュアンスが含まれている。古代漢字研究の第一人者、白川静さんは著書『常用字解』（平凡社）の中で、「癖」という漢字の部首、「やまいだれ」におさめられた「辟」を次のように解説されている。

辟とは、右側の「辛（把手のついた細身の曲刀）」で人の腰の肉を切り取る刑罰を指す。左側の「尸」は横から見た人の形で、「口」は切り取られた肉片の形を意味している。

というわけで、「辟」は刑罰で苦痛に喘ぐ人間の姿を示してもいる。それが「やまいだれ」で囲われているのであるから、癖は、刑罰で歪む体が「習慣」になり、歪んだり、偏ったり、曲がったりしていることにいささかも気づかず、それを自然に受け入れている病的な状態を表していることになる。これはまさしく、悪癖と言うべきである。

もっとも、「癖」のない人間など、どこにもいないはずだ。生きるということ、年をとるということは、ある意味で、知らず識らずのうちに「癖」を身につけていくことにほかならない。「無くて七癖有って四十八癖」、どんな人にも「癖」はあるということである。

健康寿命の長短は、悪癖をどこまで自覚し、それが悪さをしないようにどう上手く付き合っていけるのか、そのさじ加減にかかっている。

ただ、正直に告白すると、「母の教え」に反して、習慣の力を以ってしても足抜けできなかったのは、喫煙の悪癖である。どうしたことか、こればかりは「母の教え」の神通力も通じなかった。ものを書いたり、原書を読んだり、集中力の必要な作業の合間にどうしてもタバコに手を出してしまうのだ。

「わかっちゃいるけど、やめられない」というところか。季節の変わり目や寒暖の差が激しい時には咳や痰が絶えず、やめればいいはずだが、それが「悪癖」の「悪癖」たる所以で、なかなか実行できずにいた。

でも、僥倖が訪れた。妻の執拗な働きかけに根負けして、半信半疑ながら、朝昼晩と白湯を少しずつ舌の上で転がすように飲みはじめると、以前よりタバコが恋しくなくなってきたのだ。

もっとも、悪癖はなかなかしつこい。1本くらいは、と自分に甘くしていると、やがて2本、3本と増え続け、前よりも本数が増えてしまうことも稀ではなかった。煮え切らない私に業を煮やした妻が放った言葉――「タバコと私の願いとどっちが大切なの？『妻の教え』を守ってちょうだい」――は、さすがに私にはこたえた。

それ以来、私も獅子奮迅。1週間、1カ月、3カ月、半年と時間が経つうちに、自然とタバコが恋しくなくなり、気がついたら白湯を口に含むことが習慣になり、タバコの出る幕がなくなっていたのである。

しかも、白湯のおかげで、喉のイガイガも、痰もなくなり、実に快適である。半世紀を経て、私はタバコを覚える前の自分に戻ったような気持ちになっている。若返ったのだ。

意志の力は弱くても、習慣の力は実に力強い。この年になって、努力によって得られる習慣だけが善であるというカント先生の格言が身に染みてわかったような気がする。そしてまた、「妻の教え」に感謝である。

甘えの力

最近気になるのは、何かにつけて「人の迷惑にならないように」と口走る大人が多いことだ。特に、高齢者ほど、その傾向が強いように思える。

数年前、私が名目上の引率を引き受けることになったスペイン旅行で、私よりひと回り年上のTさんが、みんなの迷惑になってはならないと、自分より年下ぞろいのツアーの面々の先頭を切って歩いていたのである。しかし傍から見ていて、どこか無理をしているように感じられてならなかった。

「Tさん、無理してはいませんか？　甘えていいんですよ」

老婆心ながら、そう水を向けると、

「甘えてはダメね。この年でも人に迷惑なんてかけたくないもの、そうでしょ」

彼女の言葉には、自分に対する叱咤（しった）のニュアンスが込められているように感じた。

振り返ってみると、彼女が青春真っ只中にいた「60年安保」に始まる１９６０年代のキーワードは「自立」だったのではないだろうか。思想的な自立、精神的な自立、人格的な自立、生活の自立など、１９６０年代の末に大学生になった私にとっても、「自立」はマジックワードのように心を捉えていた。

でも私は、いつも内心ではどこか鼻白む思いだった。「自立」とは何か、よくよく詮索していたわけではないし、第一、我が家では「自立しろ」と、父や母が口に出したことなど、一度もなかったのだ。いや、むしろ逆だった。母親などは、たまに帰郷した大学生の私に向かって「親が元気なうちはたくさん甘えんと」と諭すような口ぶりで話すほどだった。

それに私のどこかに「自立」に対する漠然とした疑念があった。その疑念に形を与えてくれたのは、文豪、夏目漱石だ。

高校生の頃、一時「引きこもり」まがいの状態に陥り、孤独の中で無聊（ぶりょう）を慰めるように読んだ『こころ』の中の主人公の独白に、私は身体中に電流が走るような感動を覚えたのである。

「自由と独立と己れとに充ちた現代に生れた我々は、その犠牲としてみんなこの淋しみを味わわなくてはならないでしょう」

明らかに漱石は、「自立」がそんなにいいことだとは思っていなかったのである。いや、「自立」はむしろ孤独と裏表の関係にあると見抜いていたことになる。孤独感を味わいながらも、「自立」とは程遠く、親に「甘え」ていた私の思春期の悩みなど、ただの「はしか」ほどの痛みですらなかったのかもしれない。

平成の時代から、世間ではしきりに「自己決定」や「自己責任」といった言葉が語られるようになり、今では「迷惑をかけない終活」や「迷惑をかけない相続」という見出しが中高年向けの週刊誌に躍っている。「『甘え』の構造」の中で育った私など、そうした流行りの言葉を見るにつけ、釈然としない気分になってしまう。

「甘え」て何が悪いのか。まさか杖をついているお年寄りに、「自立」しろ、「杖なしに歩け」などと、薄情なセリフを口にする輩はいないはずだ。また、長く連れ添ったパートナーや親しい友人に先立たれ、心が折れそうなお年寄りに、精神的な「自立」を説いてどんな意味があるのか。むしろ必要なのは、「心の杖」ではないのか。「甘え」の拠り所がない社会ほど、不幸な社会はないのではないか。

そういえば、1970年代初頭、『「甘え」の構造』（1971年）で「甘え」をキーワードに日本の社会の病理に警鐘を鳴らし、一躍、名を馳せた精神科医、土居健郎さんも、2007年に書き下ろした論考「甘え『今昔』」では、「要するに人間は誰しも独りでは生きられない。本来の意味で甘える相手が必要なのだ」と述懐しているのである。土居さん曰く、「本来なら家庭こそ『甘え』の育つ場所であったはずだ。しかしその家庭が今や不安定となり、こわれやすく、多くの悲劇の現場となっている」と。

私は間違いなく、「『甘え』の育つ場所」で育った。それによって私は生きる力を育てられたのだ。

だが、今では「甘え」の育つ場所が核家族化という〝ふるい〟にかけられ、明確な形を失いつつある。とすれば、擬似家族的な人間関係、あるいはそれによって成り立つコミュニティを人為的に拵えるしかない。たとえそれがどんなに小さなものであってもいい。そのような関係性やネットワークの中で齢を重ねることができれば、それは幸せな人生である。そこには、「『甘え』の力」が備わっているからである。私もそうありたい。

というわけで、まず手始めに取り組んだのは、私と妻の間に「甘え」の関係を意識して作るようにしたことだ。これが実にいい。お互いが新鮮に見える。

番狂わせ

「番狂わせ」とは、スポーツやゲームの世界でよく使われる言葉だ。英語で言えば、「サプライズ」といったところか。サプライズという横文字に不慣れな母が、代わりによく使っていたのが、「番狂わせ」だった。

不釣り合いの男女のカップルがいれば、母は決まってこの言葉を使い、測り難い男女の仲の不可解な親和力を言い表そうとしたのである。

「なしてあがん女にあがん男がくっついとっとだろうか。どう見てもあの女性（ひと）は『おぺしゃん』ばい。ばってん、愛嬌（あいきょう）がよかならまだよかばってん、愛想もなかし、口も悪かごたる。今度一緒になるあの男性（ひと）は、武者んよかし、気がきくし、他人（ひと）にやさしか上に商売も上手たい。ほんなこつ、男と女の仲はわからんね。番狂わせが多かけん」

本人たちが聞いたら、大きなお世話と母をなじるに違いない。因みに、「おぺしゃん」は「ぶさいく」、「武者んよか」は「ハンサム」といったところか。

男と女の組み合わせの番狂わせにため息をつきながらも、内心、母はそれをどこか楽しんでいるフシがあった。世の中ってそんなもんね。だから、面白いのかも。そんな心境が母のトゲのある言葉の端々に滲んでいたように思う。

もっとも、母たちのような世代にとってこの世の中には男と女の2つの性しかなく、LGBTQに象徴される性の多様性や性的少数者、性的アイデンティティーなどという概念は存在しなかったに違いない。

ただし、母たちの時代にも同性愛や「性同一性障害」など、性にまつわるさまざまな隠れた苦悩や葛藤があったはずで、それが顕在化していないだけだったに過ぎない。

男尊女卑の儒教的な雰囲気の中で思春期を過ごし、これまた男尊女卑の気風が根強い熊本の地に根を生やした母にしてみれば、LGBTQは理解の範疇を超えていたのではないだろうか。

それでも、晩年にはさすがに男尊女卑の不条理を恨めしく思うように、「これからは男も女もなかよ。努力すれば、男でん、女でん、関係なく、報われるとだけんね」が口癖だったのだから、もしかしたら、意外にLGBTQにも「しょがんなかね、そがん人たちがいても仕方んなか」と納得を示していたのかもしれない。

ただ性にまつわる多様性があるとしても、男と女の縁、そして同性間の愛も含めてその組み合わせに番狂わせがあり、それがままならないのがこの世の常であるという、悟りにも似た感慨が母の中に巣食っていたことは間違いない。

しかし、男と女の番狂わせに関して言えば、最近ではそうしたケースがどうも少なくなっているように思えてならない。都内の大学での三十数年に及ぶ教職の経験から言うと、偏差値で輪切りにされた同じような家族的背景や生活歴、似通った趣味や感性を持った男女の学生たちがカップルとなっている印象があるからだ。

外見も、身だしなみも、テイストも同じような者同士が対になるのであるから、番狂わせなどほとんどあり得ないことになる。それは、社会学的に言えば、社会的な流動性の低下による階層の固定化のなせるわざによるものなのかもしれない。

流動性と関連する移動性を示す「モバイル」は、携帯可能な小型のコンピューターを指し、今や「モバイル」はバーチャルな通信ネットワークと密接不可分である。しかし、現実の世界では、階層間移動はますます少なくなり、それこそ、階層的にアンダークラスに属する男性あるいは女性が、アッパーな女性あるいは男性と結びつく番狂わせなど、ほとんどありえなくなっているのである。

母が男女の組み合わせをよく番狂わせと呼んでいた時代、それは現実の世界における階層間の移動や地域間の移動が頻繁な高度成長期だった。その時代には、男と女の関係には番狂わせがつきものだったのである。それが今では、ほとんど同じような生活レベルと家族的な背景、文化的嗜好(しこう)を持った男女や同性の出会いがメインとなっているのであるから、つまらないと言えば、実につまらない気がする。

そう思って妻にどう思うか聞くと、ニヤリと笑いながら、即座に意地悪な質問が返ってくる。

「あなたと私は番狂わせで一緒になったのかしら？」

またしても一本取られてしまった。

連れ添って35年、そういえば、馴れ初め(なそ)が番狂わせだったのかどうか、詮索などしたことはなかった。妻は今でも、私たちが見えない赤い糸で結ばれた夫婦であると固く信じているようだ。私も、今ではそうに違いないと思えるようになった。

木下惠介監督の往年の名作映画『喜びも悲しみも幾歳月』で流れる主題歌の歌詞にあるように、ともに過ごした歳月の中にある喜びや悲しみが目に浮かび、妻と私は、やはり何か計り知れない見えない糸で結びつけられているという感慨が湧いてくる。親たちの都合で夫婦になったような父と母も、きっとそうだったに違いない。近頃では喜びも悲しみも夫婦二人でともにしたという記憶、それが老いの力の源になっているように思える。

酒との付き合い方

「白玉の歯にしみとほる秋の夜の酒はしづかに飲むべかりけり」

私の好きな若山牧水（わかやまぼくすい）の歌である。牧水には酒にちなんだ歌が多く、たいへんな酒豪で、1日に1升ほどの酒を飲んでいたという。そのせいか、40代の半ばで肝硬変を患い夭折（ようせつ）している。牧水の歌が好きなのは、私も酒を好むからだ。といっても、牧水のような酒豪ではないし、1日当たりの酒量はいたって倹（つま）しいほうで、日本酒であれば1合から2合まで、ビールであれば多くて中ジョッキ1杯、ワインであればグラスで2杯ほどだろうか。

上戸か下戸か、その見極めは、当然、飲酒の量や常習性によって決まるのだろうが、私の場合、どんな種類のアルコールであれ、それだけを飲んで愉しむことはない。刺し身や和え物、煮物や焼き物、鍋や丼物など、胃袋を満たすものがないと、酒は飲まないことにしている。というか、そうでないと飲めないと言ったほうがいいかもしれない。

それでも、休肝日が少ないせいか、時おり妻から叱られることがある。下戸ゆえにワイングラスを1杯飲み干すと意識が朦朧としてしまう妻には、常習的な私の酒との付き合いが危なっかしくて仕方がないようである。

確かに、酒は適量なら百薬の長だが、度を越すと、百毒の長になりそうだ。アルコールの代謝機能が低いと、適量でも酒は肝臓などの臓器への障害を引き起こしやすいとも言われている。またアルコールを分解するには水が必要で、体内の水分量が少ない高齢者は特に注意が必要だ。

私の場合、長い間、水分の補給に心がけてきた。その習慣は、「母の教え」によるものだ。母はいつも水分補給を怠らず、台所にいると定期的にコップに1杯の水を飲み干していた。母は、それが健康の秘訣の一つだと固く信じ、私にも勧めていたのである。私の幼い頃であるから、市販のミネラルウォーターなどなかった時代である。幸いにも、地下水源に恵まれていた熊本では、水道水を直(じか)に口にしても何の支障もなかったのである。

この10年くらいは、妻の勧めで寝起きにすぐ、白湯を作り、それを大きなコップ1杯、少しずつ、噛むようなつもりで胃袋に流し込むことにしている。さすがに、母の時のように、水道水をそのまま飲むことはできず、沸騰させて飲むことになるが、ただ沸騰させればいいというわけではなさそうだ。妻曰く、ひと口に白湯といっても、弱火で15分ほどかけて沸かしたものでなければならないというわけである。そうした白湯は、どういうわけか、柔らかい味わいで、胃袋にやさしく、同時に体内の毒気を洗い流し、飲み終わった頃にはぽかぽかして、実に心地いいのだ。

考えてみれば、私たちの体は、成人なら6割、高齢者なら5割ほどが水で満たされている。その水がコトコトと沸かされ柔らかな白湯になり体に加われば、体温が保たれ、活力が衰えることがないのではないだろうか？

これが私の見立てだが、あながち間違いではないはずだ。

実際、どちらかというと血圧が低めな私は、寝起きはボーッとして頭が重く、朝は苦手だった。逆に、夜になると冴えてくるほうで、集中して難解な本を読んだり、原稿を書いたりするのは、ほとんどの場合、深夜だった。当然、早起きができず、何だか1日が短いような気がしていた。

だが、白湯の効能なのか、常飲するようになって1年ほどで、早起きが苦にならず、しかも寝起きでもすぐに頭が冴え、朝でも支障なく読書をしたり、原稿を書いたりすることができるようになったのだ。

というわけで、適量の酒で眠りにつき、寝起きの白湯で1日をスタートさせ、さらに妻と二人散歩に出かけ、それからやや遅めの朝食をとることにしている。そうした習慣が積み重なり、最近では古希を過ぎて、何だか元気になっていくような気がしている。

酒は、百薬の長なのか、百毒の長なのか、諸説紛々(しょせつふんぷん)で、私にもよく分からない。ただ、酒だけを取り出して云々するのではなく、それがしっかりとした食べ物の常食や体にやさしい白湯の常飲と結びつけば、酒の効能はてきめんのようだ。少なくとも私の場合はそうである。

翻って、私の父は完璧な下戸だった。酒粕の漬物を食しただけで、酔ったように顔が上気していたくらいだから、父は酒を受け付けない体質だったに違いない。父ほど極端ではないが、母もやはり下戸のほうだった。

それなのに、私だけ酒が好きなのはどうしてか。よく分からない。ただ、思い当たるとすれば、大人の真似をし出した中学生の頃、お屠蘇で飲んだ覚えのある肥後の赤酒のまろやかな記憶のせいかもしれない。「灰持酒」とも言われる赤酒は、今ではみりんや料理酒代わりの調味料として重宝がられているくらいだから、とにかく甘く、ほんのりとした味わいで、おませな中学生だった私でも抵抗感なく飲めた酒である。

小さな朱塗りの盃で嘗めるように赤酒を口に入れると、ほわーっと甘みが口の中に広がり、私は盃1杯で上機嫌になってしまったのである。酒との出合いはそれが初めて。その甘美な出合いの記憶が、私の酒との付き合い方を決定したようだ。ほろ酔い加減の酒。それが、今の私の酒との付き合い方であり、酒の毒は白湯によって消されて、うまく帳尻が合うようだ。

夫婦はいつも片思い

馴れ初めからはや45年、私たち夫婦はともに古希を迎え、時おりこれまでの歳月を振り返る時がある。振り返ると言っても、仲のいい二人でもチグハグさは否めない。私が淡い思い出に浸るシーンと、妻がそうした気分になるシーンとは往々にしてずれている。それだけでなく、私が思い出したくもないミスなどを妻はしっかりと覚えていて、何かのきっかけでふっとそれを思い出し、自分のミスを指摘する伴侶に逆襲するネタにすることがあるのだ。逆襲されると、ついつい私もムキになり、言い返したくなる。そうしたやりとりが若干、繰り返された後、決まってお互いに顔を見合わせ、プッと笑いがこみ上げてくるのであるから、他愛もないと言えば他愛もない。

他愛もないことでムキになってしまってとお互いに笑いつつ、同時に、やはりどんなに仲睦まじい夫婦でも、他人は他人なのだと改めて実感させられる。でも、そんなことはわかり切ったことである。

そもそも、母親の臍帯から切り離されてこの世に生まれてきて以来、人はみな一日、一日と死に向かって生きていくのである。この世から消えていく時は一人であり、その意味では私たちは孤独な存在だ。私も妻も、その孤独から逃れることはできない。こうしたことを、誰でもが頭の片隅に仕舞い込んで生きているはずである。であるならば、夫婦が二人だけの思い出を共有し合うと言っても、そこには思い入れの濃淡の違いやズレ、また好悪の差異もあるのが自然の理ではないか。夫婦は一心同体、阿吽の呼吸で仲睦まじく。でもそんなことはあり得ないし、あり得ないことを、さも真実のように言い繕うところに、夫婦をめぐる欺瞞のようなものが感じられる。

というわけで、最近では、妻と私の間に何事につけてズレや行き違いがあるのは当たり前だと思うようになった。もっとも、その思いにもズレがあるのかもしれないが、それを言い出したらきりがない。

夫婦の間のズレや行き違いも、結局は夫婦や男女の違いを超えて人である限り引き受けなければならない孤独のせいだとしても、何も憂鬱になる必要はない。むしろ、そうしたズレや行き違いのアイロニー（皮肉）を楽しめばいいのだ。

私が知る限り、夫婦のすれ違いの皮肉さを、ほのぼのとした何の変哲もないシーンに凝縮させて、読む者に深い感動を与えてくれるのは、夏目漱石の『門』である。物語の冒頭と終わりで描かれる、主人公の宗助と御米の夫婦の会話は、すれ違ったままだが、それでもお互いに寄り添い合い、支え合う夫婦の姿はどこまでも美しい。

障子の硝子に映る秋日和の麗らかな日影を透かして見える夫、宗助の顔はボーッと霞んで妻の御米にはよく見えないままだ。夫の宗助は縁側に座布団を持ち出してごろ寝をし、縁側の小さな寸法に広がる、どこまでも高い蒼い空を所在なく見つめたまま、裁縫をしながら呼びかける妻の声にも上の空である。同じ屋根の下に暮らしながら、夫婦二人の間には、会話が成り立っているようには見えない。お互いに心中、思っていることがズレており、そのズレが途切れ途切れの生返事の繰り返しとなって、何だか寂しくもあり、それでいてジーンと静かに幸せな気分が漂ってくるのである。

夫婦の甘えとすれ違い

還暦を過ぎてから、私たち夫婦の間に夏目漱石の小説『門』に登場する主人公たちと同じような風情を感じる機会が多くなったように思う。もちろん、これも私だけの片思いかもしれないと思ったら、妻もどうやら似たような気配を感じているようだ。そのせいか、古希に近づくにつれて、外に刺激的なものを求めるより、静かに二人だけで過ごす時間を懇ろ(ねんご)に慈しむようになった。

秋の深い日影が差す我が家の庭の樅木(もみのき)の下で、二人ゆったりと籐椅子に身を預け、どこまでも高い蒼い空を取り止めもなく見つめていると、幸せな気分になる。二人の間にことさら言葉を注ぐ必要もなく、妻が唐突に振ってくる話題にも、私は生返事で応えるだけだ。以前なら、私の注意散漫ぶりに少々、おかんむりになったはずだ。それがどうだ。今では私の上の空の言葉を受け流しながらも、会話にならない会話を楽しんでいるように見えるのだ。時おり、そよそよと頬を撫でるように通り過ぎていく秋風にちょっぴりひんやりとした寂しさを感じながらも、夫婦でいることの幸せを味わっている。

「共に過ごした　幾歳月の　よろこび悲しみ　目に浮かぶ　目に浮かぶ」

若山彰が歌った映画『喜びも悲しみも幾歳月』（監督／木下惠介、主演／高峰秀子・佐田啓二、1957年公開）の主題歌の一節を私が悦にいって小さな声で歌っていると、妻が半ば茶化すように「まあ、あなたそんな旧い歌よく覚えているわね」と、驚いたような、呆れたような顔をしている。

「でも、その歌いいわね。私も好きよ」、妻のしんみりとした調子に私も、何だかセンチメンタルな気分になる。しばらく、暮れかかる秋の空を二人黙って眺めていると、馴れ初めからの喜びと悲しみのいくつかが浮かんでは消え、消えては浮かんでくるようで、夫婦二人でこの秋空を一緒に眺めていられることが、僥倖のように思えてくる。

でも、そうした二人の沈黙を破るのは、たいていの場合、妻だ。

「あなた、旧い歌もいいけど、やっぱり私はヒデキよ。ヒデキの歌がいいわ。あなたの若い頃は、ヒデキに似ていたもの」

西城秀樹が亡くなってからというもの、妻のヒデキへの追慕の情はより深まったようだが、若山彰と西城秀樹とでは数十年の差があり、何だか私だけ年老いてしまったようで、気分は冴えない。

妻はそんな私の違和感などどこ吹く風と、「長くきびしい冬をのり越えて　あなたをこの手で　倖せにしたい　あなたをこの手で倖せにしたい」と鼻にかかった声で口ずさみながら、一人、自分だけの世界に入り込んでいる。

まったく夫婦の行き違いは仕方がないな、と思いつつ、よくよく聴くと私も聴き覚えのある曲だ。そうだ、40年近く前、私がドイツの地で孤独な留学生活を紛らわすように何度も聴いた曲だった。留学前、愛を誓い合った結婚前の妻から送られてきたカセットテープの中の一曲、西城秀樹の「遥かなる恋人へ」は、遠く異国の地に行ってしまった私への妻の慕情が託された曲だったのだ。

夫婦ってやつは、すれ違いながら、どこかで平仄(ひょうそく)が合っている。そう思うと、妻も私も、お互いに甘え合っているのかもしれない。すれ違っているから甘えたいのか、甘えたいからすれ違いが生じるのか？　そのどちらにしても、夫婦というものの不可解さと、可笑しさに、思わず笑みが溢(こぼ)れてしまう。

コロナ禍の鬱陶しさもしばし消えていくようだ。

妻という「ホームドクター」

十二支と九星術の組み合わせによると、妻も私も五黄（ごおう）の寅にあたる。強運の持ち主で、プライドが高く、強情な性格ということらしい。「らしい」というのは、私がそうした運勢など、はなから信じていないからだ。とはいえ、五黄の寅の年に生まれた女性が、勝気な性格だとすれば、それはまさしく妻に当てはまる。

勝気といっても、妻の場合、自分から出しゃばるタイプでもなければ、目立ちたがり屋でもなく、どちらかといえば、慎ましい性格と言える。しかも、どんな時でもマイペース、自分は自分という風情で、感情の振幅が少ない女性だ。とはいえ、それでいて、私よりはるかに「感激屋」で、自分の感情をストレートに表現するタイプである。

最近では折に触れて夫婦という一対の男女が半世紀近く一緒に暮らせたのは、それぞれに授けられた「人柄」の絶妙の配合によるものではないかと思うことがある。「人格は地の子らの最高の幸福である」とは、かのドイツの文豪ゲーテの言葉らしいが、人格などという教養主義的なニュアンスが気になるなら、人柄という言葉でも構わない。人柄は、人に授けられた最高の幸福である。

カネがあり、学歴があり、名誉があり、美貌に恵まれ、健康に恵まれていても、生来意地悪で、嫉妬心が強く、貪欲な性格ならば、きっと自分を幸せだと感じることはないかもしれない。どこまでいっても、満足できる境地になることはないからだ。

でも、天真爛漫(らんまん)で、無邪気で、飄々(ひょうひょう)とした人柄ならば、どんな条件のもとでも幸せを感じることを忘れないのではないだろうか。それは、模倣しようにも模倣できない、生来のものであり、天から授けられた「ギフト（贈り物）」である。

そもそも妻との馴れ初めは、彼女の天真爛漫な性格に惹かれたからだ。飾り気がなく、率直で、知的なセンスもあるが、その一方で、どこかそそっかしく、ミスも多いのに、それを取り繕わず、自分の弱点をそのまま曝け出す姿に好感を覚えたのだ。容姿はどちらかというと、バタ臭く、ひまわりのような大輪を思わせるが、一時期、彼女が普段以上にスリムになった頃は、私の母に似ていた。

母は後年、やや太り気味だったが、私が幼い頃、胆石の手術を受けたことがあり、それ以前はかなりスレンダーだった。その時の母が妻に似ていたのだ。結婚して10年ほどが経ち、そのことに改めて気づき、げにマザコンは恐ろしい、生涯の伴侶との縁にも影を落とすほど根の深いものかと、妙に感動したものだ。妻に話せばきっと気分を害するかもしれないと思ったが、妻はサバサバしたもので、むしろ「光栄だわ」とさらりと受け止めてくれた。

もっとも、私の母は大胆な面があるかと思えば、妻とは対照的に心配症で、結構、気難しく、神経質な面があり、結婚当初は妻も母のことではそれなりに神経をすり減らしたに違いない。だが父が亡くなり、生涯の伴侶を失って悲嘆にくれた月日を過ごした頃から、母の中に何か吹っ切れたような変化が起き、外連味のなくなった母と妻とは意気投合、私を置いてきぼりにして二人で盛り上がることが多かった。

妻は、私と違ってあまり人見知りせず、だいたいどんな人ともそれなりにうまくやっていくことができる性格で、根っから人が好きなタイプである。だからこそ、行き違いや摩擦があったとはいえ、気難しい母ともまるで実の母と娘のように和気藹々、仲睦まじく接することができたのである。

妻が人を見る時の視点は、私などよりはるかに具体的で、人の身体的な所作や姿勢などを観察することから始まっている。私の場合で言えば、痩せ型で上背があり、歩く時の動作が腰をピンと張って歩くより、上半身がやや前のめりで歩く癖があり、どうやら腹筋が強いほうではなく、胃下垂の兆候が見られるのではないかとか。また、きっと冷え性で、その割には冷たい物には目がないようで、それが体型にも反映しているとか。さらに、呼吸が普段から浅く、もっと深呼吸を心がけ、特に吐く息に意識を集中すれば、声にも力強さが伴うようになるとか。

こうした見立てを妻は、東洋医学への関心を通じて学び、また専門学校にも通って鍼灸にも造詣が深かった。結婚したての頃、〝ポスドク〟(ポストドクター/博士研究員)の身で、非常勤講師をして生計を立てていた私にとって、大学でのポストを得るために専門論文を斯界の学術誌に発表することがすべてであった。終日、かなりの時間を座ったままのデスクワークで送ることが多かったせいか、いつの間にか背骨が湾曲し、それとともに呼吸はより浅くなり、胃もたれもあって、「野球少年」として鳴らした「過去の栄光」も虚しく、私は結構、風邪を引きやすい体質になり、また締め切り原稿がいくつか重なった時などは、かなり便秘に悩まされるようになった。

体質というものは、もって生まれた面もあり、それに小さい頃からの食生活の習慣が重なって、どうしても偏りができてしまう。食べ物や飲み物の嗜好、さらに都会暮らしを好むか、それとも田舎暮らしに目が向くほうなのか、また人の好き嫌いについても、どうしても人それぞれの育った背景がモノを言うようだ。ただ、それらは年月とともに変わらないかと言うと、そうでもない。

学生時代はもちろん、大学院生の頃やドイツでの留学時代も含めてずっと単身者として暮らしていたため、所帯持ちのようなさまざまな制約のなかった私は、いつの間にか夜更かし型のライフサイクルが身についてしまい、食べ物にもレトルトやインスタント食品が目立っていた。その上、肉類の主食が多く、痩せ型の割には、大食漢のほうで、三度の食事をきちんととることをことさら心がけていたこともあり、実際に空腹を感じなくても、時間が来れば、然るべく朝食や昼食、夕食をとらなければならないと、いつの間にか思い込んでしまっていた。

風邪をひきやすかったり、便秘に悩まされたりした遠因は、明らかに私の長年にわたる「偏った」習慣にあった。

そうした身体に刷り込まれた習慣が、「偏食」や「偏好」（筆者注：こんな漢字があるとして）につながることを教えてくれたのが、妻だった。

妻が小さい頃からいくつか大病を患っていた義母は、三度の食卓を自分で切り盛りするだけの体力に恵まれない時期もあったらしい。そのせいか、妻の家では食事は倹しく、妻も含めてその時々の季節の物を「身の丈」にふさわしく食べていれば、それで満足という習慣が身についていた。そんな妻は、漢方処方のように数十年にわたって私の「偏好」を少しずつ治してくれたのである。

そして今では、人は空腹であるほうが心身の働きが活性化し、病に対してもより強い免疫力がつけられることを教えてくれた。妻の考えの原点は、人間には本来、自然治癒力が備わっているという確信であり、その点だけは絶対に譲ることがないほど強情である。でも、その強情さに根負けして私は長年の習慣を遅々たる歩みとはいえ、矯正しようと努力する気になったのであるから、ありがたいものである。

振り返ってみれば、せめて子どもたちには、空腹な思いはさせたくないという親心で、母は私に食べることが生きることに等しいという教えを残してくれた。高度成長期の申し子のような私は、旺盛な消費欲と同じように、貪欲なほどの食欲を満たすことが、「元気」の源だと信じ、またそれを第二の自然としての習慣にしてきた。

しかし、大人になった頃には、日本はすでに飽食の時代真っ盛りで、むしろ「身の丈」にあった節制と養生へと食の習慣を含めて方向転換を図るべきだったのだ。もし、妻と出会っていなかったら、私は思春期までの習慣を惰性で続けたまま生きていたかもしれない。そうだとすると、果たして古希を迎えられたどうか。

「あなた、過食だと、そうでない場合より寿命が短くなるって、知ってた？　食べ過ぎはダメなのよ、どんなに栄養のあるものも、食べ過ぎはダメね」

妻の節制の教えは、私を生かすことになったのであるから、感謝しても感謝しきれない。妻はある意味で生涯にわたる私の「ホームドクター」でもある。時には口うるさく、ウザったくても、ドクターの教えには従わないと。コロナ禍でも、我が家の「ホームドクター」は意気軒昂としている。

第5章 軽井沢での日々、猫のいる暮らし

ホーム・アローン

「ホーム」という言葉から、人は何を連想するだろうか。家族団欒、くつろぎの場、あるいは故郷といったところか。高度成長期に思春期を迎えた私のような世代には、ホームと聞いて、すぐに連想するのは、「マイホーム」だった。そしてマイホームと言えば、新築の一戸建てで家族が団欒を楽しむというイメージと結びついていた。

ただし、私が学生の頃は、マイホームなどという甘ったるい言葉に現を抜かすなど言語道断という雰囲気が強かった。そのせいか、私自身はドロップアウトやホームレスといった〝漂泊的な〟生き方に憧れたものである。1970年代はじめ、体制や権力に抵抗し、異議を唱えることに意味があるように思えた「造反有理」の時代の余韻が残っていたこともあり、〝プチブル的な〟マイホームなどとは無縁であるかのような虚勢を張っていたのである。でも、どこかでマイホームに惹(ひ)かれる自分がいた。そんなものに惹かれるなんて、なんと軟弱な、と思いつつ、実は心の芯の部分には虚勢に反発するもう一人の自分がいたのである。

日本での疾風怒濤(しっぷうどとう)の学生時代が過ぎ、1970年代の末、海外に留学、それから帰国、結婚をし、所帯をもった。小さな箱のような2DKの団地に住むようになって、マイホームを嘲(あざけ)るような虚勢は影を潜め、マイホームへの願望は強くなるばかりであった。

どうして？　と、時おり自分でも不思議に思うほどだった。

でも、つらつら考えていくうちに、人生最初の不安を解消してくれたのがマイホームだったことに思い当たったのである。

小学校に入学する節目の年、私は引っ越しでそれまでまったく知らなかった新しい環境に放り出され、胸が張り裂けるほど不安な日々を送っていた。引っ越しと言っても、実際にはわずか数キロの移動に過ぎなかったが、幼い子どもにとっては、それは環境が一変するほどの大移動だったのである。

その不安を和らげてくれたのは、猫の額ほどの狭い土地に建てられた平屋づくりの小さな家だった。父と母がなけなしの財産をはたいて建てたマイホームである。

真新しい畳の上に跳ねる蛍光灯の光を浴びながら、い草の匂いに包まれて寝そべっていると、不思議と不安な気持ちが解消され、私は赤子のようにスヤスヤと寝入ってしまうことがあった。「マイホームはいい」。この気分は、その後、原体験のようにずっと私の中に残り続けていたのである。

大学に職を得た後、団地暮らしに別れを告げて、都内の周辺を転々とした末、埼玉と千葉の県境、江戸川べりの近くに2階建ての家を設えることになった。すでに五十路を迎えようとしていた時である。忘れもしない、幼い頃に父と母が建てたあの家と比べたら、2階建てになった分だけ大きい私のマイホーム。そこもやはり猫の額ほどの土地ではあったが、それでも家族団欒の場であった。幸福な笑いが溢れる、そして最愛の息子に先立たれるという不幸も見守ったマイホームは、二十数年にわたる我が家の歴史そのものだった。

ただ、２０１３年から私たち夫婦は高原の別荘地として有名な軽井沢の地にマイホームを構えることになった。今度は新築ではなく、中古のホームだ。その場所は、私たちにとって終の住処のホームになるに違いないという予感がしている。60年近く前の、引っ越した先で浴びた蛍光灯の弾けるような光に代わって、夏の木漏れ日がゆらゆらと蠢き、小さな草花たちの醸し出す淡い匂いが、い草の清々しい匂いに取って代わる高原の中のマイホームである。

熊本地震が起きた２０１６年に熊本県立劇場の館長に就任し、また２０１８年には長崎県内のミッション系の学院の学院長も引き受けることになり、家を留守にする機会が多くなった。それで仕事先でのホテル滞在が多くなったせいか、改めてマイホームについて想いを寄せるようになったのである。すると、ふと家族が留守の間に事件が起こる映画のことが頭に浮かぶようになった。

今から30年ほど前の１９９０年にヒットした映画で、制作当時10歳だったマコーレー・カルキンの出世作『ホーム・アローン』である。

主人公の少年は、ひょんなことから家族全員が出かけた旅行からあぶれてしまい、留守宅を狙ったはずのとんまな泥棒たちをあの手この手で撃退してしまうコメディである。『ホーム・アローン』で家に取り残されてしまうのは、役柄では8歳の少年であるが、考えてみれば、今私たち夫婦が終の住処のホームにいるということは、老いた私か妻のどちらかが「ホーム・アローン」になるということを意味している。

でも、果たしてそうなのだろうか。もしかして「あちら」に行った愛すべき人々はみんないつかは帰ってくるのではないだろうか……。時おりそんな妄想めいた感慨に浸っていると、老いることがさほど苦にはならなくなってしまうから不思議だ。

いや、私は老いて再び、あの最初のマイホームに癒された少年の頃に戻っていこうとしているのかもしれない。今ではそう思うようになった。

「猫嫌い」の試練

私が猫を不吉な動物とみなすようになったのは、母の影響が強い。子年の母は、どういうわけか、家の中に厄災をもたらす疫病神のように猫を毛嫌いしていた。傷ついて、今にも道端に斃れそうな哀れな野良猫が迷い込んできても、「しっしっ、あっちへ行け」とばかりに払い除けるほど猫に対しては冷淡だった。

それに反して、野良犬や飼い主から見放された犬が我が家に迷い込んでこようものなら、どんな犬もウェルカムで、猫と犬に対する母の態度は、天と地ほど違っていた。究極のえこひいきと言える。

そんな母の、猫と犬に対する対応の違いを目の当たりにして、私もいつの間にか、

「嫌猫」と「愛犬」の作法が自然に身についてしまった。猫は不吉で、怨恨の化身のような存在で、謎めいている分、得体が知れない。それに対して犬は明朗で、快活、元気を絵に描いたような、裏表のない性格の動物である。

そうしたイメージに拍車がかかったのは、偶さか、何度か化け猫が登場する時代劇を観る機会があったからだ。恨みを晴らすためなのか、夜な夜な、鼓の音とともに障子に猫のシルエットが浮かび上がり、惨殺された女の怨霊が化け猫となって自分を手にかけた男へ襲いかかろうとする。幼い頃に、そんなシーンを何度か目にし、母と同じように、猫は怖い、猫は化ける、猫はやばいというイメージが私の中で固まってしまった。

というわけで、その後も半世紀以上にわたって私は紛うことなく「犬派」で、猫をそれこそ〝猫可愛がり〟する人の気持ちがさっぱりわからなかった。世の中には奇特な人たちがいるものだと、半ば呆れ、半ば馬鹿にしていたのである。その気持ちは、「母の教え」でより強まったように思う。

兄嫁が子年、その長男が子年で、家の中に3人（3匹?）の子年がいれば、家内安全、商売繁盛という母の信念は、まさしく現実によって裏付けられ、私もどこかでなるほどと納得していたのである。

母は「嫌猫」そして「愛犬」の作法を変えないまま、目を閉じた。そして「母の教え」に忠実なはずの私もそうなるのではと、漠然と思っていたら、還暦を過ぎて大逆転が起きたのである。まさか、私が半ば馬鹿にしていた「愛猫家」の仲間入りをしようなどとは夢にも思わなかった。

犬であれ、猫であれ、分け隔てなく付き合える妻は、私と較べて猫に特段のわだかまりがあるわけではない。私が猫嫌いであることは薄々気づいていたはずだが、あまり気に留めていなかったのか、よりによって「お試し」で猫を飼うと言い出したのだ。妻なりに無聊(ぶりょう)を慰めるくらいのつもりだったのかもしれない。

でもそれだけではなさそうだ。どうやら、我が家にそれこそ迷い猫のように届いた月刊「ねこ新聞」に触発されたのがきっかけのようだ。創刊から26周年を迎える「ねこ新聞」(英文は「The Cat Journal」)の今日に至るまでの涙ぐましい夫婦愛と編集長・原口緑郎(猫生(ねこせい))さんの尋常ではない尽力については、原口さんの妻で副編集長兼社長の美智代さんによる連載『ねこ新聞』のあゆみと猫のはからい」に詳しい。のちに私が原口さんからのご依頼で「ねこ新聞」に寄稿することになるなどとは、夢にも思わなかった。

スケッチ風のものや水彩画、油絵や日本画など、「ねこ新聞」の第1面を飾る猫の絵は、毎号、しみじみとしてユーモラスであり、また愛らしく、見る者を釘付けにせずにはおかない。そしてエッセイの中には日本を代表する劇作家や小説家、画家や俳優、タレントさんが寄稿していたりして実に読み応えがあるのだ。妻もきっと何気なく猫の絵に惹かれ、連載やエッセイを読むうちに猫にハマってしまったに違いない。

「試し飼い」をおねだりする妻に生返事でなんとかずるずると決断を引き延ばし、そのうちに忘れてくれることを期待した私が浅はかだった。生返事を「ゴーサイン」と曲解した妻は、次々に先手を打ってことを進め、私が気付いた時にはもう万事休すの状態になっていたのである。

「もう元の飼い主さんに引き取ってもらうと言ってもダメよ。この子は我が家で飼うことを前提で譲ってくれたんだから。第一、返すとなったら大変よ。それに見て、こんなに可愛いじゃない」

既成事実の上に胡座をかいたような脅し文句に私も反論ができず、結局、猫を一匹（「匹」などという「猫畜生」を指すような言葉は我が家ではご法度。人間と同じく「一人」と呼ぶことになっている）、飼う羽目になったのである。

我が家にデビューした猫は、ラグドールという猫種だった。その名の通り、「ぬいぐるみの人形」のような長毛種で、胸の前は涎掛けをつけているような長めの被毛に覆われ、全体的に白みを帯びている。それにしても、生後6カ月なのに、成猫と見紛うほど大きく、成長すれば10キロ近くになると聞いてびっくり。瞳の色はブルーで、目の周りを覆うやや茶褐色の斑の中に爛々と輝いている。それでも、顔は凹凸がなくのっぺらぼうとしており、どこか愛嬌がある。

「ぬいぐるみの人形」と言われるくらいだから、きっと飼い主に抱かれるのを好む人懐っこい猫だと思っていたら、まったく逆で警戒心が強いだけでなく、並外れて臆病で、人が近づくたびに怯えて、カーテンの裏やタンスの陰に身を潜めている。可愛げがないだけでない。いるのかいないのか、わからないほど身を潜め、忍者のように気配を消しているのである。

ただ生後6カ月の割には図体が大きく、毛むくじゃらの尻尾をだらしなくだらんと下げたまま、ひたすら隠れてあたりを窺っている臆病なオスのラグドール。まる1日そんな状態が続き、さすがに妻も心配になったのか、遠目からじっと「臆病者」が顔を出すのを待つ日々が続いた。

やがて喉が渇き、空腹になったのか、カーテンやタンスの近くに置いたキャットフードや水を口に入れるようになり、満足するとまたいそいそと隠れてしまう。そんなことの繰り返しに、「この子、いつになったら出てくるかしら。結構、警戒心が強いとは聞いていたけど、男の子だし、ラグドールだからすぐに懐いてくると思ったのに、残念だわ」。

妻はどうやら、暖かいラグドールと一緒にいることで、冷え込む高原の冬を、これまでよりは楽しめると期待していたようだ。しかし、期待は見事に裏切られた。飼い主に関心を示すどころか、まともに姿を現すことすらないのだから、完全に引きこもりの迷惑な「同居猫」の心配をしなければならなくなったようなものだった。

ただ、いつの間にか、「猫嫌い」のはずの私が、あれこれ気を揉むうちに「問題児」のラグドールに愛着のようなものが湧いていることに気づき、自分でも不思議だった。臆病で、健気で、はにかみ屋の「問題児」から、それまでずっと私の中に居座っていた猫は不吉だというイメージが次第に消え失せ、むしろ愛らしい存在に変わりつつあったのだ。

というわけで、「問題児」に名前がないのは可哀想ということになり、妻と思案の挙げ句、聖書の「ルカの福音書」から「ルーク」という名前を思いつき、それを充てることにしたのである。

猫戦争と癒しの時間

それからはや6年、臆病ではにかみ屋で、少しの物音にもビクビクし、人が訪ねてこようものなら、そそくさとタンスの陰に身を隠してしまう我が家の「問題児」は、今や天下を取った大将のように踏ん反り返り、のしのしと我が物顔に家の中を闊歩している。時おり、私を見つけては、ちょこんと寝返って顎の下をなでなでするよう要求するようになった。何という変わりようか。呆れると同時に滑稽でもある。

そして分かったことがある。我が家の「問題児」がいたってピュアで汚れを知らない天使のような無垢なやさしさを備えていることである。構ってもらいたいと飼い主に体をすり寄せたりするのに、こちらから濃厚接触を試みると、はにかんだように顔を逸らせ、少しでも距離を置こうとする。それでいて、私が帰宅する時には、玄関に車の音がする前から私だとわかっているのか、玄関のドアの内側で私を待っていてくれるのだ。そんな時はもう愛らしくて仕方がなく、可愛さが募ってくる。猫なで声で「ルーク、ルーク」と呼ぶ自分が可笑しくもあり、それを母が見たらきっと卒倒するに違いないと思うと、ますます可笑しくなってくる。

ルークはただいるだけで、私たちをどこか幸せな気分にしてくれる不思議な存在である。それでも、時おり網戸から室内に入ってくる外の空気に釣られるように網戸に顔をつけ、じっと外を眺めているルークを見ると、何か寂しそうで、孤独の影を感じてしまう。「つまらない、退屈だ」とでも独り言を言っている風情である。

確かにつまらないかもしれない。我が家に来てから外の世界がどんなところなのか、まったく知らないまま、家の中だけがルークの知っている世界になってしまったのであるから。我が家は「楽園」かもしれない。しかし、それはあくまでも私たち人間が設えた世界であり、それを「楽園」と思うのは、私たち飼い主のエゴ以外の何ものでもない。

半ば放し飼いのような裏の家のブチ（黒い斑点のある白い猫）が、偶さか、ルークの目に留まるや、勇んで網戸に擦り寄り、目を爛々と輝かせてブチが視界を横切る姿を食い入るように見つめていることがあった。

それを見ていた妻曰く「あなた、やっぱりルークは寂しいのよ。仲間が欲しいんじゃない。かわいそうだわ」。

ただの同情だと思っていたのは、私の浅慮。妻はまたしても先回りして手を打っていたのである。飼い主を募集している捨て猫を保護する団体からちゃっかり「試し飼い」と称して一匹、いや一人の猫を我が家に引き連れてきたのである。数日間の出張から帰ってみると、何と見たことのないキジトラの猫が、よそ者が来たとばかりに怪訝な顔で私を見つめているではないか。

その猫は、リビングのテーブルの端に身を潜めつつ、射るような鋭い眼差しで私に一瞥を投げると、すぐさま別の方角を睨み付けている。その先には、何とルークが別人、いや別猫のような顔つきで猛々しく背中の毛を盛り上げ、尻尾を太くして仁王立ちのように構えている。二匹の、いや二人の視線は激突し、火花を散らしそうだった。

両者の睨み合いを妻は半ば呆れた様子で眺めている。「いったい何が起きているのか?」

メスのキジトラは、追分の別荘地で飼い主から見捨てられ、びしょ濡れで飲まず食わずの衰弱死寸前で助けられ、保護されたらしい。メスなのに顔つきは精悍だが、どうやら偏食が祟ったのか、お腹がだらんと垂れ下がった肥満体で、見るからに動作も鈍く、外見はどう見てもスマートとは言えない。それにどうやら、これまでの不幸な巡り合わせもあってか、猜疑心が強く、一向に心を開いてくれそうにない。でも、またいつ飼い主が現れるのかわからない保護施設に返すのも不憫だし、結局、我が家で引き取ることにしたのである。

しかし、ルークとの組み合わせは最悪だった。不用意にも私たちのミスで用を足す場所を分けていなかったことが仇になった。ルークと同じ場所でキジトラが用を足すことになり、ルークはそのことでキジトラを目の敵のように忌み嫌い、用を足そうとルークの目を盗んで抜き足差し足でトイレに近づくキジトラを後ろから狙い撃ちするかのごとく襲いかかるようになったのである。

「ギャオー」

断末魔のようなキジトラの声が静寂を破り、妻も私も何が起きたのかとただびっくりするばかり。こうしてキジトラは、ルークの目を避けるように部屋の隅に身を潜めるようになり、その姿は私たちの哀れを誘った。

「あなた、キジトラがかわいそうね。それに名前もつけていないし。そうねぇ、チョコラというのはどう？　この近くにチョコレート工場があるでしょう。そこに確かそんな名前の商品があったと思うの。チョコラっていいじゃない」

「チョコラか。いいねぇ。それにしよう」

かくしてキジトラはチョコラになった。それからほぼ5年が経つ。栄養が行き届きチョコラはいつの間にかスリムになり、じっとすることなく、結構、家の中を激しく走り回ったりするようになった。そのせいか、筋肉質の体型になり、いつの間にかルークを押し除けて妻と私の懐に体を寄せたり、椅子の背もたれによじ登って私の頭の毛をペロペロと舐めたり、実に喜怒哀楽を率直に示すようになった。今ではルークとチョコラの階級間格差は逆転したかのように、その力関係も対等になってしまった。

そしてさすがに、激しい「熱戦」を繰り広げることはなくなったが、しかし「冷戦」は続き、どうしても仲良く和気藹々、打ち解けることはない。

ただ、最近では冷戦が退屈になったのか、「熱戦もどき」の格闘劇を演じることがある。それでもどこかで二匹、いや二人はそれを楽しんでいるようにも見える。もはや冷戦を終結させることは、できなさそうだ。妻も私も半ば諦めている。

でも、冷戦でもどういうわけか、ルークとチョコラがお互いに寄り添って何かを囁くような様子を見る時、私たちはこよなく癒された気がするのである。もしかして、ルークとチョコラは仲が悪いのではない、冷戦は、むしろルークとチョコラにとって楽しい遊びになっているのではないか? そう思うようになった。猫たちの戦争は、実に屈託がない。相手を亡き者にし、絶滅させようなどとは夢にも思っていないからだ。ルークとチョコラの「猫戦争」のドラマでむしろ盛り上がり、その様子を微笑ましく眺めている妻と私。「猫派」に寝返ってよかったとしみじみ思う。

東京─軽井沢、二拠点生活の心地よさ

保養地や別荘地として日本有数の知名度を誇る軽井沢。そのイメージは、何となく有産や有閑の人々が集うハイソな場所というところか。実際私もそのようなイメージしか持ち合わせず、どんなところかと興味はあっても、「別荘族」の仲間入りをしようとは思ってもみなかった。ましてや定住しようなどとは夢にも思わなかったのである。

それがどうだ。軽井沢に定住してもう8年余り、今では終の住処になるかもしれないという予感がするのであるから、我ながら不思議な気がする。軽井沢に心が動いたのは、評論家、加藤周一さんの著書『羊の歌』がきっかけである。「雑種文化論」で一世を風靡し、戦後日本の評論界を代表する加藤さんと、晩年、何度か対談の機会に恵まれ、意外と茶目っ気のある「大知識人」に魅了され、昔読んだ『羊の歌』を改めて読み直してみたのである。

旧制高校の時代から追分の旅籠、油屋でひと夏を過ごすことの多かった加藤さんは、堀辰雄とも交誼を結び、帝国大学の医学部に進学してからは、太平洋戦争中、中村真一郎や福永武彦らとマチネポエティク（定型押韻詩の文学運動）に挺身した。追分は、戦時下の不穏な空気がそこだけは伝わってこない保護区のような場所だったのである。戦後、世界を駆けずり回って活躍した加藤さんだが、心を残して去り難い場所、それが追分だった。自伝的なエッセイ、『羊の歌』には、信州、追分の心象風景が切々と語られていて深い感動を覚えたのである。

追分は軽井沢から佐久方面へ数キロのところだが、夏場、原宿が引っ越ししてきたような賑わいを見せる軽井沢とは違ってどこか閑散とした雰囲気が感じられる。加藤さんが私淑していた作家、堀辰雄の記念館もあり、追分には雄大な浅間山の麓に広がる高原らしい佇まいが残っている。

反骨精神に溢れていた加藤さんは、夏場だけ東京の一角が再現されるような軽井沢への反感が強く、滅多なことでは軽井沢に足を踏み入れなかったと聞くが、それでもやはり軽井沢の自然を愛していたことは間違いない。

慌ただしく動き出す雲と、その間から溢れるように庭の緑を照らし出す陽光に木葉はキラキラと輝き、頬を撫でる高原の風はどこまでもやさしい。夏の至福のひと時は何ものにも代えがたい。妻と二人、草いきれのするほどの庭に椅子を持ち出し、木陰で涼んでいるだけで、心地よい感覚が身体の中にじんわりと伝わってくるのだ。

よかった、高原に移って……。しみじみと実感する瞬間である。

当初、追分が本命だったのに、軽井沢になったのは、やはり新幹線を利用するという交通の便を優先せざるを得なかったからである。九州にある熊本県立劇場の館長に就任し、長崎県の鎮西学院で学院長を務める私にとって、高原で完全に「隠棲」生活を送ることは不可能だった。東京に出かけたり、そこを経由した移動を想定したりしながら、しかし普段は高原での日々を送る、そんな「両性動物」的な暮らしを選んだわけである。

軽井沢から東京は新幹線で1時間ほどの距離である。埼玉での生活が長く、その後、千葉県内の、東京のベッドタウンのようなところに初めて一戸建ての家を構えて、10年ほど生活したことがある。上京して以来、約半世紀の間、2年近くの留学時代を除けば、その大半は首都圏に近い埼玉や千葉で時を費やした。結婚をし、所帯を持ち、大学にポストを得て、メディアを通じて顔が知られるようになった歳月の多くが、東京の周辺で費やされたのである。今から思えば、それは偶然のようにも思えるが、必ずしもそうではなく、私の中に自分でも意識していなかった動機が働いていたのではないかと思うことがある。どこかで東京に惹かれながら、それから遠ざかりたいという二律背反的なものが、自分の中でしのぎを削っていたのである。

テレビや新聞、雑誌など、メディアの中枢は東京の中でも千代田区や中央区、港区や渋谷区に集中しており、私は埼玉や千葉からそのゾーンにたびたび足を踏み入れることになった。煌(きら)びやかで、沸き立ち、常に旬のものを追い求める貪欲なほどの活況に満ちた世界がそこにある。喩えて言えば、アドレナリン全開という状態で、ドキドキ、ハラハラしつつも、その快感のようなものが私を惹きつけて離さなかった。

しかし、コメンテーターを務める夜の報道番組が終了した後、テレビ局が手配したハイヤーで煌々と灯りがともるビルの間を縫うようにして高速道路を走っていると、何か虚しさのようなものが込み上げ、しばしば無性に東京が嫌になることがあったのだ。光強ければ、影も濃い。その濃い影をまるで養分のように吸収して輝く大都会の底知れない面妖さ。百鬼が夜行し、どんなものでも飲み込んでいくメガロポリスＴＯＫＹＯ。そんな東京にどうしても馴染めない私がいた。

　東京から遠ざかりたい。かと言って「田舎暮らし」に徹することにどこか抵抗感もある。そんな複雑な思いが募っていた私にとって、千葉や埼玉のように首都圏に近いわけではなく、それでいて東京から遠く離れているわけでもない場所。それが、信州だったのである。長野県はまさしく東京から一定の距離感を持ちつつ、しかし気が向けばいつでも東京にアクセスでき、そして信州ならではの風土に親しむことができる。そう考えると、軽井沢は私の中にずっとモヤモヤしていた東京をめぐる葛藤を和らげてくれる場所だったのだ。

　学生時代の片思いの女性が信州の出で、何よりも私の恩師がそうだった。そうして出会った忘れがたい人たちを育んだ信州の地に私が終の住処を見つけ出したのも、何だか偶然とは思えなくなっていた。

もっとも、冬の軽井沢は、想像以上に気温が下がり、酷寒の日々が続く。当初、九州育ちの私は半端ではない寒さにゲンナリしたものだ。埼玉育ちの妻も、初めて経験する寒さに心身とも縮み上がっているようだった。移ってすぐの年の冬は、例年にない冷え込みだったようで、雪も多く、除雪の経験がない私たちにとっては難渋する場面続出だった。

「こんなに寒くて、雪が多いなんて。毎年、こんな冬が繰り返されるとしたら、大丈夫かしら？」

妻はいつになく弱音を吐くことが多かった。

しかし、幸いに2年の目の冬は雪も多くなく、晴れた日が続いて、冬の軽井沢の光景が清々しく思えるようになったのである。

高原の日々を生きる

森の中の小径に小波のような紋様をつけて、風に吹かれている新雪を踏みしめ夫婦二人で歩いていると、深山幽谷（しんざんゆうこく）、下界の雑音がすべて消えて、一瞬、別世界の中にいるような気分になる。妻と私はあまり会話も交わさず、ただ淡々と小径を歩き、冬の静寂の中で二人だけの世界に浸るのだ。刺すように冷たい、凛とした外気に触れていると、手足や耳、鼻が強張ってくるのに、心はなぜか静かな火照りを感じるほど温かい。冬の晴れ間にこんな二人だけの時間があるなどとは、これまで思ってもみなかったことだ。

寒さが苦手で、冬は早く去って欲しいと思っていたのに、高原の冬は夏の心地よさとは違った、じんわりと心に染み入るような時を用意してくれていたのだ。

背中が少し汗ばみ出した頃、私たちは霜が降りたように冷たくなったベンチに腰をおろし、枝や葉に絡まった粉雪がキラキラと照り返す木立を、しばし時間を忘れて眺めている。

「冬の桜のようだわ。いいわねぇ」

妻のポツンとした独り言のような声に私は頷き、例えようのない幸せな気分になる。そうだ、あれは冬の桜だ。それを妻と一緒に誰もいないような高原の一角でただ眺めているだけで、こんなにも静かな至福の時が流れていくとは……。これが、「天国」の光景だと言えば、大袈裟すぎるだろうか。あるいは、「浄土」とでも言いたくなるほど、私にとってはその光景が忘我のようなひと時である。自分たちが求めていたものは、これだったのか？

二人が知り合ってほぼ半世紀、苦楽をともにしてきたと言えば、陳腐かも知れないが、その半世紀は夢のような、一瞬だったような気がする。半世紀の時間が一瞬のように短く感じられるのに、冬のひと時のわずかな時間は、永遠の中に凍結されているように感じられるのだ。

冬が静謐な至福の時間を分かち合う季節だとすると、高原の遅い春は私たちにとって忙しく、慌ただしい季節である。心がそわそわするだけでない。季節の実りを収穫するために、その準備をしなければならないからだ。平地より1カ月遅れで胡瓜や茄子、トマトやレタス、ズッキーニなどの苗植えの作業で妻も私もてんてこ舞い。除草から慣れない土起こし、畝作りに施肥、そして苗を丁寧に植えていく作業は、結構、骨が折れる。時おり妻に叱られながら、兎にも角にも作業を終えると、それなりに様になっているから不思議なものだ。

もちろん、その後の世話になると、これまた手がかかる。結局、私がひと月の数日は出張で留守にするため、普段の面倒を見るのは妻の役割だ。菜園について万事、私より信頼できる知識と経験のある妻だが、それでもなかなかうまく実がなってくれるわけではない。とりわけ、5月の頃に天候不順で雨の日が多く、日差しが少ない年などは悲惨な結果になってしまう。トマトは不揃いのままで、大きさも小ぶり、胡瓜も貧相な色形で、食欲をそそるとは言い難い。それでも、それなりの色形をしたものができた時などは、朝から妻の喜びの声が上がる。

「まぁ、見て見て、胡瓜がいい形でぶら下がっているのよ」

数は少ないとはいえ、それなりに成長した胡瓜を捥ぎ、塩をつけてガブリとやると、水分をたっぷりと含んだ胡瓜の瑞々しい味と香りが口の中に広がり、「モロキュウ」がこんなに美味いのかと、あらためて感心するばかりだ。「人は歩く食道である」と教えくれたのは母だが、食道に入るものも、それを自然の恵みとして味わうと、食べる喜びが何倍も増すことがわかる。変哲もない胡瓜1本でも食の喜びを教えてくれるのだ。

そうした発見は、軽井沢での生活で初めて体験した喜びである。

そうした高原での初々しい発見の連続からほぼ8年近く、今やコロナ禍で東京をはじめとした大都市から人が郊外やその周辺に目を向ける時代になった。メディアでは盛んにリモートによる「在宅勤務」が広がっていると報道されている。

考えてみれば、私たちは期せずしてそうしたライフスタイルをすでに数年前から実行に移していたことになる。何事にも「奥手」で、流行に敏感でありながらも新しいものに飛びつくのが嫌いな私は、いつも2、3歩遅れで時代の新しい潮流についていくほうだった。妻も私と同じである。

その二人が、皮肉なことに時代を先通りするように「ウィズ・コロナ時代」の「ニュー・ノーマル（新しい日常）」を先んじて実践していたのであるから、何とも不思議な感じがしてならない。でも、それは、ともに古希を迎えた私たち夫婦にとって心地よく、そして自分の中にずっとしまってきた「願い」をやっと叶えられる僥倖のような人生のひと時でもあるのだ。辛いこと、苦しいこと、悲しいこと、忌まわしいことなど、へたり込みもう再起できないと思うような経験があったとはいえ、二人は今、高原の中で至福のひと時を過ごしているのである。

おわりに

本書の発端になったのは、毎日新聞社が読者向けに月に1回発刊している「私のまいにち」である。高めの年齢層をターゲットにしている。だからだろうか、結構、読み応えのある記事が多い。

冒頭は、名うての芥川賞作家、川上弘美さんの軽めの、しかしとてもほっとするようなエッセイで始まり、日常の食卓に彩りを添えてくれるレシピが色とりどりの写真で並んでいる。見るだけで、食いしん坊の私などは涎(よだれ)が出そうで、ついつい見入ってしまう。煮物や和え物、鍋料理や弁当など、実に多彩だ。それだけでも、読みがいがある。

もっとも私が楽しみにしているのは、「読者のページ」の「出せなかった手紙」である。もう鬼籍に入ってしまったあの人、この人、家族や初恋の人へ出そうとして出せなかった心温まる手紙。そこに綴られている、今は会えない人への切々とした兄弟愛や家族愛、恋慕の情に心が洗われていくような気持ちになる。手紙の主は、多くが私と同じ世代だ。

「出せなかった手紙」を楽しみにしているのは、きっと私だけではないはず。多くの読者がそのコーナーを楽しみに待っているに違いない。そう思うと、私の連載エッセイ「老いる力」もきっとそれなりに読者のお眼鏡にかなうように違いない。そう思いつつ連載を重ね、さらに新たに書き下ろし原稿を加えて、こうして一冊にまとめたのが本書である。

私の父は、73歳で帰らぬ人になった。悪性の膵臓癌(すいぞうがん)が命取りになったのである。父は終生、一汁一菜を心がけ、酒も嗜まず、唯一の楽しみは、仕事の合間にタバコを喫(の)むことというほどの禁欲的で健康的な生活を送っていた。その父が、思いもよらない病気で亡くなったのである。還暦を過ぎ、古希に近づくにつれて、普段、年齢のことなどさして深く考えないようにしていた私も、やはり父の寿命のことが頭をかすめることがあった。

働くことが生きることであり、生涯、現役であるのが当たり前と考えていた父。でもその父もどこかで悠々自適の、それこそ浮き雲が気ままに空を漂うように生きたいと思ったことがあるはずだ。60年以上連れ添った母と二人寄り添って老いを愉しみながら、余生を送って欲しい。そう願いながらも、息子の私は何もしてやれなかったという忸怩たる思いがある。

私が妻と相談の上、首都圏の住み慣れた場所を引き払って長野県の軽井沢に移り住むようにしたのは、父が果たせなかった悠々自適の生活を実現したいと思っていたからだ。そこに至る直接のきっかけなどは本書の第5章をはじめ、随所で述べた通りである。悠々自適、高原の空を漂う浮き雲のような生活であれば、そもそも老いることを憂えることもなければ、齢を重ねることに衰えを感じることもないはずだ。

もちろん、実際にはいろいろな些事が積み重なって決して浮き雲みたいにはいかない。それでも、私は自分の人生の中で初めて「身の丈の豊かさ」によって叶えられる「平穏」な生活があることを発見したのである。

そして、高原に移ってから8年近く、コロナ禍で日本のみならず、世界が動揺する中、そうした生活がどんなに大切なことか、多くの人々が以前よりも身をもって気づきつつあるように思える。その意味では自惚れて言えば、私の選択は、時代を先取りしていたことになる。「コツ」が言うまでもなく「骨」に由来し、物事の芯の部分を指しているとすれば、私の体験は「生きるコツ」に適っていたのであり、読者がそのことに気づいてくれれば、望外の幸せである。

本書がこうして読者の目に触れる上で編集者の役割は決定的に重要であり、今回もその優れた手腕で私を見守り、督励してくれた毎日新聞出版の峯晴子さんに心から感謝の意を表したい。また、「私のまいにち」連載時から緻密で精巧な校閲で文章の推敲に助力してくれた阿部えりさんの多大の労に感謝申し上げたい。

2020年10月

姜尚中

姜尚中
かんさんじゅん

1950年、熊本県熊本市に生まれる。早稲田大学大学院政治学研究科博士課程修了。国際基督教大学准教授、東京大学大学院情報学環・学際情報学府教授、聖学院大学学長などを経て、東京大学名誉教授、東京理科大学特命教授。現在、熊本県立劇場理事長兼館長、鎮西学院学院長。専攻は政治学、政治思想史。テレビ・新聞・雑誌などで幅広く活躍。

おもな著書に『悩む力』『母―オモニ―』『続・悩む力』『心』『母の教え 10年後の「悩む力」』『朝鮮半島と日本の未来』(いずれも集英社)、『見抜く力』(毎日新聞出版)など多数。

生きるコツ

第1刷　2020年11月30日
第4刷　2021年3月5日

著者　姜尚中（かんさんじゅん）

発行人　小島明日奈
発行所　毎日新聞出版
〒102-0074
東京都千代田区九段南1-6-17千代田会館5階
営業本部　03（6265）6941
図書第二編集部　03（6265）6746
印刷・製本　中央精版印刷

ISBN978-4-620-32655-9